玄机诗评

爱那么短，遗忘却那么长

董岩 著

中国出版集团 现代出版社

图书在版编目（CIP）数据

爱那么短，遗忘却那么长：玄机诗评 / 董岩著 . —北京：现代出版社，2019.4

ISBN 978-7-5143-7643-2

Ⅰ. ①爱… Ⅱ. ①董… Ⅲ. ①唐诗 – 诗歌评论 Ⅳ. ① I207.227.42

中国版本图书馆 CIP 数据核字（2019）第 035247 号

爱那么短，遗忘却那么长：玄机诗评

作　　者 董　岩
责任编辑 赵海燕　王　羽
出版发行 现代出版社
通讯地址 北京市安定门外安华里 504 号
邮政编码 100011
电　　话 010–64267325　64245264（传真）
网　　址 www.1980xd.com
电子邮箱 xiandai@vip.sina.com
印　　刷 三河市宏盛印务有限公司
开　　本 710mm × 1000mm　1/16
印　　张 17.5
字　　数 206 千字
版　　次 2019 年 4 月第 1 版　2019 年 4 月第 1 次印刷
书　　号 ISBN 978-7-5143-7643-2
定　　价 45.00 元

序

人生不能无诗。特别是古体诗，就如古典音乐，有一种别样的典雅。

在今天，古典诗歌似乎被淡忘了，像是一件天价的奢侈品。读的人少、写的人少，研究的人就更少了。我没有想到，董岩也是其中的一位。

在我的学生中，董岩是很有特点、独具风格的一个。她兴趣广泛，聪敏娴静，富有艺术气质，喜欢听听音乐，喝喝茶，写写有意思的人和事，从容淡然，这样流露出来的文字很干净，如闲花照水，清新自然，少了些浮躁的烟火气。她擅写人物传记，理论文章也很有自己的风格，偶尔也写写散文，都屡屡获奖。在此之前，她已经出了10余本书，内容涉及新闻、政治与文学。我没有想到的是，她写出了这本历史与古典诗词相结合的《爱那么短，遗忘却那么长——玄机诗评》。但是细细想来，一位女性作者，写一位女诗人，顺理成章。况且她有着足够的知识积累和扎实的治学基础。

董岩本科读历史，硕士专攻中美关系，博士学新闻，博士后又研究哲学。学科跨度大，又长期从事人物研究，使她能从历史学、社会学与心理学的多重维度去揭示人物的内心与命运。最重要的是她对文学和诗歌的热爱，使她能沉下心来，到古典诗词中、到历史深处去探究背后的故事和人性，力图呈现出小故事、大格局的特点。

以诗为媒，刻画人物、揭示命运，是本书的一大特点。全书根据鱼玄机存世的49首诗，逐一剖析，揭示了人物的悲剧命运，同时作者又延伸到不同时代诗人的作品，展现了中国古诗词优美的意境和古代诗人散淡的生活情境，充满了盎然的诗意和时代气息。

董岩不是专业作家，她的主业是记者、学者。她说，是以文学的趣味、学术的严谨书写历史。记者、学者与作家的多重身份，使这本书呈现出跨界与穿越的特点：新闻的敏感赋予了她独特的视角；历史学科的功底，使其能从容地呈现人物身后的背景；哲学的思辨，又使其对人物命运的剖析不止于单一的层面。因此，这本书呈现出一种杂糅的特质，比单纯的学术著作通俗，比纯粹的文学作品深刻，比一般的历史研究生动。

多年前，我曾写过两位有独立人格的女性：一位是李清照（《乱世中的美神》），一位是居里夫人（《跨越百年的美丽》）。她们富有才华，不为美貌所累，坚守志节，成就了自己不凡的人生。同样有才有貌的鱼玄机却走上了不同的道路，她的悲剧源于缺乏独立的人格，把希望寄托于他人身上，沉湎于情感的追逐，一旦幻象破灭，便一意孤行，走向毁灭。

我想，这也是本书带给读者的思考和启发。

是为序。

梁衡

2016年12月北京

目　录

第一部分　相遇相恋

第二部分　相思春恨

第三部分　秋怨惊梦

第四部分　清歌散仙

第五部分　一晌贪欢

第一部分

相遇相恋

之一　枝低系客舟

《赋得江边柳》

翠色连荒岸，烟姿入远楼。
影铺秋水面，花落钓人头。
根老藏鱼窟，枝低系客舟。
萧萧风雨夜，惊梦复添愁。

在鱼玄机流传至今的50首诗中，这首《赋得江边柳》可能是我们能看到的她最早的一首诗。

1. 鱼幼薇

据说，她写下此诗的时候，才十二三岁。当时，她只是一个名叫幼薇的少女，却已凭借过人的才华而为士人所知。

鱼玄机生活的年代处于晚唐时期，离如梦如幻的“开元盛世”已经有近一百年的时间了。唐玄宗天宝十四载，也就是755年开始的“安史之乱”，直到唐代宗广德元年（763年）才被平定。此后，唐王朝由盛而衰，藩镇割据、农民起义、边防空虚，从此内忧外患，强大的帝国逐渐衰微了。到了鱼玄机生活的武宗、宣宗、懿宗时代，曾经不可一世的大唐已经日渐式微。颓废之风逐渐弥漫于社会各阶层，社会风气的衰退淫靡一度影响了诗坛。到了晚唐，一改中唐时期的刚健质实，绮艳浮靡的诗风逐渐笼罩了整个诗坛。

鱼玄机就生活在大唐斑驳陆离的浮华背景下。

约844年，鱼幼薇生于长安城郊一位落拓士人之家。父亲终日饱读诗书，却一生功名未成。爱女心切的他便把满腔心血都倾注到独女幼薇身上，教她读书认字。早慧的幼薇五岁便能背诵数百首诗章，七岁作诗，十一岁时，习作就已在长安文人中传诵开来，成为人人称道的诗童。她的才华，引起了当朝大才子温庭筠的好奇与关注。

2. 温老师

温庭筠（812—866），是唐朝宰相温彦博之裔孙，中国历史上的第一个词人，就是那个写了“小山重叠金明灭，鬓云欲度香腮雪。懒起画蛾眉，弄妆梳洗迟”“茂陵不见封侯印，空向秋波哭逝川”的温飞卿。这位作赋八叉手而成八韵、号称“温八叉”的大才子，才情绮丽，尤工律诗。然而，他恃才傲物，言行不羁，屡试进士不中，郁郁不得志，最后官至国子助教，因此又有“温助教”的名号。温诗辞藻华丽，词多写闺情，风格秾艳，现存词60多首，大都收入《花间集》。

在一个暮春时节，这位当时与李商隐齐名的温庭筠先生，心意盎然地来到长安城的穷街陋巷，去会见这位天资聪慧的诗童。他没有想到的是，这个传说中的诗童，原来是一个姿容美好的少女。

3. 枝底系客舟

将信将疑的温老师出了道“江边柳”的考题，幼薇挥笔写就这首五律应答。

翠色连荒岸，烟姿入远楼。

首联写景：绿色绵延于荒凉的江岸，随风轻舞淡入远处的楼阁。“翠色”一点恰切醒目，让温老师眼前一亮。

影铺秋水面，花落钓人头。

颔联景色由远至近，描摹得更细致：倩影倒映于秋天明净的水面，落英缤纷，坠入垂钓人头上。动静之中，诗意浮出。

根老藏鱼窟，枝低系客舟。

颈联的视角再度转换，停留在江边柳本身：老根空处隐藏着鱼儿的窖窟，枝条低垂系住过往的客船。该联诗境顿出，温老师看后大惊。如此老道的意境，竟出自一个天真少女。

萧萧风雨夜，惊梦复添愁。

尾联的意思是在风声雨声潇潇不止的夜晚，梦中醒来，又平添忧愁。

此番秋色秋景，让温老师不由得想起了自己《菩萨蛮》中的词句——

江上柳如烟，雁飞残月天。
藕丝秋色浅，人胜参差剪。

与之相比，幼薇小姑娘的这首诗只字不提柳，却生动地描画出了秋日秋风秋雨秋夜中的江边柳以及垂柳般弱不禁风的愁绪。温老师觉得，不论是遣词用语、平仄音韵，还是意境诗情，小姑娘的这首诗都属难得一见的上乘之作。

温老师惊叹之余，却心有不安。如果说，真有命运存在的话，那么这首诗就透露出了一种信息——如落花流水，随波逐流，任意东西。一句“枝低系客舟”，让见多识广的温老师隐隐地看透了这个小妮子未来的命运：“系客舟”，也许意味着她将堕入红尘，花自飘零？

4. 历史的巧合

命运总是充满了奇怪而惊人的巧合。

不可思议的是，比鱼玄机要早、同为唐代三大才女的李冶和薛涛，也都在孩童时代稚嫩的诗句中传递出了这样的信息。

李冶五六岁时，在庭院里作诗咏蔷薇：“经时未架却（嫁却），心绪乱纵横。”她父亲生气地说：“此女聪黠非常，恐为失行妇人！”其后竟如其言。薛涛的故事更有名，她八九岁就知音律，其父指着井里梧桐咏诗：“庭除一古桐，耸干入云中。”薛涛应声道：“枝迎南北鸟，叶送往来风。”父亲听后，黯然了许久。她们随意应和的诗句里，皆隐含了迎来送往之意，这对于待字闺中的女孩子来说，绝非祥兆。事实也果真如此，后来李冶、薛涛和鱼玄机这三个美貌女子皆以诗才扬名天下，皆出家为道，皆成了红尘女子，风姿绰约地穿梭于名士公卿中，摇摇曳曳，倾倒众生。

早年的诗果然都成为了她们命运终局的谶语。她们的才思、美貌、离愁、别绪、艳名甚至命运的波折都是如此惊人地相似，如同一人转世，在纷纷扰扰的尘世间，一而再、再而三地上演着相似的悲剧。

《赋得江边柳》也成了一个引子，成全了一段温和持久的友情。

这里没有发生什么浪漫的师生恋。也许是爱才心切，人到中年、阅人无数的温老师没有将眼前这个蕙情兰性的少女拥入自己的怀抱，他发乎情，止乎礼，与小他32岁的鱼幼薇成了忘年神交。在此后漫长的岁月里，温老师与鱼幼薇经常往来酬唱，诗赋赠答中的关爱、包容、启迪之情不时流露。天才雄赡、才情绮丽的温庭筠温老师成了鱼幼薇一生的精神导师。

作为晚唐著名诗人，温庭筠诗词俱佳，以词著称。他多才多艺，有弦即弹，有空即吹，下笔万言，立马可待。他的诗，清婉精丽，备受推崇。《商山早行》中的“鸡声茅店月，人迹板桥霜”，更是脍炙人口，千古流传。相传唐宋八大家之一的北宋欧阳修非常赞赏这一联，曾自作“鸟声茅店雨，野色板桥春”，但终未能超出温诗原意。或许，温庭筠诗词在思想意义上并不突出，但在艺术上却有独到之处，历代诗论家对其评价甚高，甚至将“花间派鼻祖”的美丽花冠给了这个面貌粗黑没有半点玉树临风飘逸之态的人。

但命运不公。这么才华横溢的温老师一生却颇不得意，仕途坎坷，四处飘零。而他一生钟意的才女学生呢，也浮沉不定，难遂心愿。

也许是天妒奇才，天妒红颜吧。

之二　自恨罗衣掩诗句

《游崇真观南楼，睹新及第题名处》

云峰满目放春晴，历历银钩指下生。
自恨罗衣掩诗句，举头空羡榜中名。

这是少女鱼幼薇出游长安城崇真观南楼，看到新的进士及第者题写姓名的地方，有感而作的一首七言绝句。

1. 崇真观

崇真观是道教在长安城内的宫观之一，唐开元初年所建，地址在朱雀街东新昌坊内。道教始于东汉，到南北朝时兴盛。道教封张道陵为天师，奉老子为教祖，尊称“太上老君”。唐太宗李世民自认为是老子李耳的后代，推崇道教，从此道教有了较大发展。至唐末，全国遍布宫观约一千九百余所，道士一万五千余人。后来命运急转直下的鱼幼薇也帔冠加入其列，成了艳名远扬的鱼玄机鱼炼师。

云峰满目放春晴

放眼望去，春雨初晴之后的终南山峰云雾缭绕。

春日踏青游玩，在唐代之前这都是男人的权利。到了包容天下的大唐，气象变了。唐代女性一改过去笑不露齿、足不出户、站不依门、行不露面的传统，获得了空前的自由和解放。她们可以抛头露面，游玩、听戏、看球，也可以在春日和男子一起赏春踏青。杜甫的名句“三月三日天气新，长安水边丽人多”形容的就是这种景象。

少女幼薇也陶醉在这无边的春色里。春雨过后，空气清新，碧空如洗，桃花盛开，柳色青青。只见她面如花玉，神情怡然，踏青来到朱雀街的崇真观。她衣袂飘飘，轻盈地登上了南楼。

历历银钩指下生

题写的新及第进士姓名，一笔一画，清晰可见，历历分明。银钩、铁画，比喻书法刚劲有力。

自恨罗衣掩诗句

怨恨身上这身女人的衣裙，遮掩了自己的诗赋才华，悔为女儿身。

举头空羡榜中名

抬头仰望，白白羡慕那些榜上的名字，空悲切。

2. 才女的襟怀

当鱼幼薇明亮的眼神滑过榜单时，也许有片刻的停留与失落。

这是怎样的一种情绪呢？

有一种油然而生的羡慕、委屈与不平。这是年纪轻轻、才思过人、心高气傲的鱼幼薇同学，对自己才华的自信，以及不能与男子同台竞赛、一展雄才的遗憾。

诗中透露出的那种不凡的意气与胸怀，似曾相识。不由得让人想起了200多年后宋代乱世才女李清照的诗句。

事情发生在金人掠走了徽、钦二帝，大宋王朝匆匆南逃的第二年。战乱中，被称为神仙眷侣的赵明诚、李清照夫妇过着漂泊不定的生活。赵明诚被任命为京城建康的知府。一天深夜，城里发生了叛乱，身为一城之主的赵明诚不是身先士卒指挥戡乱，而是偷偷用绳子缒城逃走。事败之后，赵大人被撤职。赵大人的至爱、柔弱女子李清照却果敢地表现出了大节大义，很为丈夫临阵脱逃而羞愧。

被朝廷罢官之后，这对乱世鸳鸯继续沿江流亡。当行至乌江镇时，得知是当年项羽兵败自刎之处，一代才女不觉心潮起伏，面对滔滔江水，吟出了下面这首千古绝唱：

生当作人杰，死亦为鬼雄。
至今思项羽，不肯过江东。

诚然，与凛然大义、忧国忧民的李清照相比，幼薇同学“自恨罗衣掩诗句，举头空羡榜中名”的境界尚显稚嫩，论气度、胸襟还停留在觉悟的萌芽阶段。但我们仍从中听到了类似觉醒的声音。

元人辛文房在《唐才子传》中曾这样评价鱼幼薇说："观其志意激切，使为一男子，必有用之才，作者颇赏怜之。"而不少社会学者则从其诗的字里行间，看到了一种女性追求男女平等的朦胧而大胆的表述，这在盛行男权思想的封建时代，是多么地离经叛道，又是多么地自信豪迈。

单从这首诗而言，也有人认为其不过是一个小女子怀才不遇的轻声细语，离志存高远的女子尚有距离。即使这样，我们也不难推断，倘若遵循这种基调和境界成长的话，鱼幼薇同学走的应是烈女、侠女、义女的线路，绝然不会是伤春悲秋、咿咿呀呀、顾影自怜的小女人，至少是痛快淋漓、洒脱刚毅之女，一如李易安。即使误入风尘，也应是抱志守节、出淤泥而不染的严蕊、柳如是之流。事实是，后来所发生的一切改变了鱼幼薇的成长线路，而她灵魂深处叛逆不贰的个性又推波助澜，走向了另一个极端。

之三　不辞宛转长随手

《打球作》

坚圆净滑一星流，月杖争敲未拟休。

无滞碍时从拨弄，有遮拦处任钩留。

不辞宛转长随手，却恐相将不到头。

毕竟入门应始了，愿君争取最前筹。

在胡汉融合的唐代，体育娱乐活动颇为盛行。游牧民族的豪强侠爽之气注入农耕民族的汉文化系统内，使得唐人不仅气质上大有胡气，而且礼法上颇富胡风。置身礼法薄弱的胡人社会，浸淫于胡风文化氛围中，唐代女性豪爽大方、活泼勇健，爱红妆亦爱武妆。她们常身着男装，热衷参加名目繁多的各类游戏和运动，在大唐灿烂的艳阳下，张扬着自己的生命。在英健丰美的大唐女子面前，泪光点点、娇喘微微的林妹妹没得半点生存空间。

1. 奔放的年代

直到今天，我仍无法想象灵慧绝美的鱼幼薇姑娘挥杖打球或者观战比赛是怎样一个场景。呐喊、鼓掌或者击鼓？这么现代的主题氛围却置换在那么遥远的时代背景下，是多么不可思议。而她的诗句给了我们一个线索，重温那个时代的生活片段。

坚圆净滑一星流，月杖争敲未拟休。

首联：滚圆、光滑的球在击打之下像流星一般飞窜，双方用击球杖争相敲击，谁也不想停歇。月杖，指的是击球用的杖。首联描写了激烈的步打球比赛场面。步打球，是一种徒步以杖击球的球类运动，是从马球演变发展而来的，类似于今天的曲棍球。生活在太平盛世的他们，深受开化的胡风影响，心怀纵情享乐的人生态度，人人追求愉快幸福的生活，崇尚健康与自由。在晚唐，马球、步打球已成为上至王公贵族下到平民百姓的时尚运动。这首七言律诗，描画了一幅生动有趣的大唐国民休闲娱乐图。

无滞碍时从拨弄，有遮拦处任钩留。

颔联：在没有阻拦时，那球凭你任意拨弄；有阻拦时，凭你任意逗留。反映了步打高手随心所欲、得心应手的技巧。有关步打球运动的最早记载，见于唐朝代宗大历十年（775 年）考中进士的王建所作的一首宫词：“殿前铺设两边楼，寒食宫人步打球。一半走来争跪拜，上棚先谢得头筹。”描写当时的宫女于寒食节这天，到宫殿前表演步打球给皇帝看。

这是一个怎样的时代呢？女性竟然可以走出户外，跟男人一样玩乐，击打马球，游戏运动。故宫博物院收藏的唐代《妇女打球图》铜镜，上面就刻了四个骑马打球的女子形象。五代时后蜀花蕊夫人的《宫词》中，也有这样一番描绘：“自教宫娥学打球，玉鞍初跨柳腰柔。上棚知是官家认，遍遍长赢第一筹。”描画出了女子打球时那优美、活泼的身姿。随着女子马球的盛行，一种体型较小，跑得较慢的骑驴打球形式——驴鞠，也应运而生，成为唐代独具特色的一项女子体育运动。这种“压缩版”的微运动形式，充满了幽默、诙谐和灵活的想象力，让人忍俊不禁。想象鱼幼薇等若干眉间贴花钿、脸上饰胭脂的美女才女，纷纷骑驴打球，一争高下，该是多么壮观、有趣的画面。

不辞宛转长随手，却恐相将不到头。

颈联：那球不会辞让被击打一直左右相随，只怕用月杖携带它不能一直到头。此联明显地以球喻人，一语双关，暗指爱情无常。

毕竟入门应始了，愿君争取最前筹。

尾联：毕竟球要被击打入球门才算结束，愿您争取做个最先的优胜者拿到第一筹。尾联仍用拟人、双关的修辞手法，暗示爱的结局在于娶她为妻。在这里，“球”被当作一个有生命的女性：一个倾心而又不能自主的女子，既为自己的爱情而担忧，又为自己的爱人祝福，希望爱有所归。

2. 大唐女子

当争强好胜的鱼幼薇之流在诗文之余，身着男装在球场上面对面地激烈竞技，宣告了这样一个事实：温柔贤淑、凌波微步的婉约派传统女性黯然退场，取而代之的是飒爽英姿、无拘无束的豪放派新女性。这是一个色彩明快、崇尚健康的朝代，审美观也因胡风浸染而改变，女人挥别了病态柔弱，以胖为美。她们珠圆玉润，丰满雍容，不必辛辛苦苦地瘦身节食，可大快朵颐，尽享美食，“楚王好细腰宫中多饿死”的人间惨剧根本不可能发生。她们自由奔放，不必拘于小楼，隔着纱帘，偷看窗外的风景，她们可以大大方方地走出去，赏春、夜游、聚会、打球，甚至可以自己选择爱人、结婚、离婚，焦仲卿刘兰芝“孔雀东南飞”的爱情悲剧基本没有机会上演。

无拘无束地生活在这样宽容大度的时代，是幸运的。今天我们所批判的这些男人对女性的束缚和偏见，比如头发长见识短、女子无才便是德、饿死事小失节事大等，在唐代并没有成为传统。所以在《古今图书集成》中，唐朝是出现烈女节妇最少的朝代。有学者专门做过人数统计，烈女节妇唐代只有 51 人，宋代有 267 人，明代则达到 36000 人，规模蔚为壮观。唐代女性的空前解放，使得那些男权思想严重、男女授受不亲的卫道士对盛极一时的大唐很不以为然。朱熹骂唐人为“龟唐”，攻击唐朝“闺门不肃”“礼教不兴”；洪迈则感叹“瓜田李下之疑，唐人不讥也”。其实，那些生活在其他王朝礼教森严之下的女子，何尝不向往大唐女子的快乐逍遥呢。退一步说，如果鱼幼薇不是生活在大唐，也许就没有后来所发生的一切。是大唐帝国这个天然的温床，孕育了她，容纳了她，让她最终变成了传奇。

3. 李家王朝

大唐帝国的男人又是怎样一番风致呢？这个马上打得天下的李家王朝，血管里流淌着鲜卑人生猛的血液。他们推崇勇敢、英武、强悍、机智，所以惊险刺激而剧烈的马球运动成了他们施展拳脚的最爱。

当时，不仅骑马打仗的武人们喜欢马球，就连那些文质彬彬的书生们对马球也爱之若狂。每年科举考试后，在祝贺新科及第的进士举行的活动中，就有一项是在月灯阁举行马球会。这时，那些在金殿对试时对答如流、笔走龙蛇的书生们，又都成了身手矫健的马球行家。有谁能否认这个盛大的聚会隐藏着无数秘密的邂逅呢。就像《安娜·卡列尼娜》中的情节，赛马场上，当渥伦斯基策马飞奔中突然失足落马，深陷情网的安娜无法遮掩慌乱的心绪，失态地从丈夫身边站了起来，过分关注的眼神出卖了她，让他们的恋情暴露于大庭广众之下。也许，这首《打球作》正是鱼幼薇看了李亿比赛之后的一番细密思量呢。

高宗、武则天之子李贤，即章怀太子，生前热衷马球，死后将“打马球图”置入他的墓室壁画。真正的玩家当属唐玄宗李隆基，他体格健全，精神矍铄：上马能打球，下马即可吟诗，《全唐诗》中就有他原创的64首诗，绝不需要任何人润色代劳，除此之外，这位才高八斗的天子上能治理朝政，开创了“开元盛世”；下还亲自参与音乐创作，推崇艺术，创办梨园，亲扮“小丑”。一次他望见女儿山后悠然神往，回宫后灵感突至，于是令后世景仰的唐代歌舞集大成之作《霓裳羽衣曲》就此诞生。最最称奇的还是他与贵妃杨玉环上演了一幕“在天愿作比翼鸟，在地愿为连理枝”的凄美故事。豪情万丈与柔情万种，在这个独一无二的皇帝身上得到了如此错杂浓烈的体现。史书记载这位多才多艺的皇上球技高超，“东西驱突，风回电激，所向无前”。继位之后，仍打马球不辍，有时甚至因此误了上朝。他还下诏说，马球是“用兵之技”“义不可舍”，下令在军中推广。这位球迷皇帝62岁时，还想亲自上场打马球。

马球不但成了唐代皇帝的个人爱好，而且也“参与”到了国家大事当中。唐中宗景龙四年（710年），唐中宗为与周边国家联姻，保证国土安宁，派养女金城公主出嫁吐蕃。吐蕃派大臣到长安迎亲，唐蕃在长安苑内球场举行一场马球比赛，算作婚嫁活动中的一个项目。唐朝末期的皇帝唐昭宗李晔更是玩物丧志，被朱全忠逼迫迁都洛阳时，六军都已逃散。如此狼狈，他还将十几个马球选手带在身边不离左右。

但对鱼幼薇来说，马球、步打球，只是她自我释放与感知的一种方式。不论是一旁观战，还是场上突围追杀，球场只是这个女子找寻爱情的一个场景。

之四　唯应云扇情相似

《酬李学士寄簟》

珍簟新铺翡翠楼，泓澄玉水记方流。

唯应云扇情相似，同向银床恨早秋。

这首诗的起因是李学士托人送来了竹编凉席，鱼玄机有感而作。李学士，即李亿。题目《酬李学士寄簟》中，学士是对学者、文人的通称。寄，托人传送。簟，竹编凉席。

1. 翡翠楼里的忧惧

有人说，这首七言绝句反映出鱼玄机给李亿做妾，没跟夫人同住一个屋檐下，而是住在外宅，即所谓的外室。给人家当妾室，肯定要看太太的脸色，地位不牢，心绪难定，所以她在这首诗里流露出随时有可能被离弃的忧惧。

珍簟新铺翡翠楼

珍贵的竹席新铺在漆着绿色的小楼里。抚摸着心上人送来的这份心意，鱼玄机除了甜蜜还是甜蜜。显然，他们还处于热恋之中。恋爱中的女人，即使聪明如鱼玄机者，也不例外，满眼、满心装的都是那个最爱的男人。所以说，女人的世界是男人，而男人的世界呢，却是整个世界。

泓澄玉水记方流

床上如同有了一汪出产玉石的呈方折形状的绿波。泓，水深而广。澄，水静而清。记，通其。“玉水记方流”是南朝宋颜年《赠王太常》中的诗句，史上有“水其方折者有玉，其圆折者有珠也”。“玉水记方流”在唐德宗贞元十六年，即公元800年曾用来作为进士科赋诗的考试题，白居易等同年进士用这个试题所赋的诗，在《文苑英华》及《全唐诗》中依然可见。

唯应云扇情相似

只是这绿色的竹席同白色的团扇在情感上有相似之处。

同向银床恨早秋

它们（指的是绿色竹席、团扇）同向银饰卧床怨恨，秋天为什么早早降临。

2. 班婕妤的云扇

“云扇”典故出自汉代佳人班婕妤的“秋捐见弃”。她是汉成帝，也就是西汉第十任皇帝刘骜曾经的爱妃。婕妤是嫔妃名号，地位仅次于皇后和昭仪，待遇是“视上卿，爵比列侯（第二十等爵）”。汉武大帝刘彻的优点刘骜一点儿也没有继承，倒是祖宗的风流被他发扬光大了。刘骜纵欲不惜一死，甚至达到视死如归的程度。他迷恋上了一对绝色的舞女姐妹，先是看上了轻盈妩媚、腰肢柔软可做掌上舞的姐姐赵飞燕，后来又迷上了肤如凝脂、仪态万千的妹妹赵合德。整日里神魂颠倒，沉醉温柔乡，不理朝政，全然忘却了曾经宠爱的、才华盖世、通达事理又美丽温柔的好女人班婕好。

班婕好是《长信宫赋》和《怨诗》的作者，据说她是《汉书》作者班固、《女诫》作者班昭的姑母。当初，班婕好受宠时，刘骜曾在宫中乘车游逛，请其上车跟他同坐。班婕好推辞说：“我看古代的图书绘画，圣贤君王，身旁都是有声誉的官员。而三代（夏商周）末代君王，身旁才满是宠爱的美女。今天要我跟你一同乘车，岂不是有点相似？”刘骜认为此话有理，不再勉强。皇太后王政君听到后，高兴地说：“古有樊姬，现有班婕好！”

哪知刘骜的后宫里居然是绝代美女与绝代才女同时并存。赵氏姊妹专宠后宫，后宫三千粉黛，只好自悲命薄，暗地伤心。面对好色而不好德的刘骜，可惜了好女人班婕好，失宠的一代才女只能将落寞幽怨写进了诗文——

新裂齐纨素，鲜洁如霜雪。
裁为合欢扇，团团似明月。
出入君怀袖，动摇微风发。
常恐秋节至，凉飚夺炎热。
弃捐箧笥中，恩情中道绝。

好在班婕妤天资聪慧，深知宫帷险恶，既来之，则避之，索性急流勇退，请求专伺太后，以保全性命。得到皇上恩准，班婕妤此后移居长信宫，从诗词音律中抒发自己临水照月的寂寞与孤独。

班婕妤的《怨歌行》以“团扇”自比，以秋扇见捐喻见弃之况，优美贴切。以秀弱清丽的笔触，托物兴寄，在某种意义上，不只是班婕妤自身的写照，它已超越了班婕妤个人遭际的具体事实。此诗历代赞誉不绝，梁代钟嵘在《诗品》中将其置于上品之列，并说：“团扇短章，辞旨清捷，怨深文绮，得匹妇之致。”

鱼玄机的竹簟与班婕妤的团扇有着异曲同工的语意。如果说班婕妤的幽怨是委婉舒缓、秀弱深切的深秋月色，而鱼玄机的幽怨则是直白紧凑、明快皎洁的仲夏夜光。不论曲调、色彩、旋律有怎样的不同，这两个作品都超越了自身的命运，深刻揭示了男权社会中女性的普遍心理和悲剧命运。即使她们芳华绝代，才艺斐然，也摆脱不了这样的幽幽叹息。

刘骜死后，班婕妤被指派充奉园陵，陪伴死去的老公，在幽暗的陵园中打发余生。死后，葬于成帝陵中。从繁华到萧瑟，这是中国几千年来封建社会许多女性的人生境遇。她们或许凭借才华美貌，能得一时之爱，但终会因人老色衰而被无情离弃。

3. 相逢的一刹那

家境中落的鱼玄机，似乎预见了被抛弃的危机，不免忧心思虑。

自打父亲去世后，母女二人便搬到平康里。这是当时妓院聚集之地，她们平日里省吃俭用，聊以糊口。温庭筠慕名而来，找到鱼幼薇，让她以“江边柳”为题赋诗一首，小姑娘不慌不忙地念道：“翠色连荒岸，烟姿入远楼。影铺秋水面，花落钓人头。根老藏鱼窟，枝低系客舟。萧萧风雨夜，惊梦复添愁。”温庭筠闻之大惊，为其才华折服，做了她的老师。温老师后来又成了成人之美的月老，给状元郎和学生牵线搭桥。

山西才子李亿想当初看了鱼幼薇的《游崇真观南楼，睹新及第题名处》，诗中“自恨罗衣掩诗句，举头空羡榜中名”，流露出一个小女子与须眉男子一争高低的不凡胸臆，让他顿生敬意与好奇。当时鱼幼薇已才名远扬，状元李亿也是爱才如命，于是想方设法去结识这一才女。直接登门造访吧难免唐突，需要有人斡旋说话，这个任务就到落到了温老师身上。李亿和温老师也算认识，属于彼此见了面也能寒暄几句的交情。于是李亿找到温老师，请他帮忙引见。性情中人温老师深谙自古红颜多寂寞的自然规律，他欣赏李亿，也希望自己的才女学生情有所归，便有心成全他们。

关于这对才子佳人的初见，在你的脑海里也许会有很多个版本。但万版不离其宗，那就是李亿怎么也没有想到眼前这个面若朝霞、光艳逼人的美少女，就是那个传说中的才女。可以肯定的是，在相逢的一刹那，一个命题很是让他纠结不清——才女怎么可以这样美？！美女怎么可以这样有才？！

简言之，当美女和才女合二为一时，意味着魅力指数、神秘指数呈几何倍数疯涨，她的思想和才华只能让她更加性感，同时也意味着主宰这个女人命运的是男人的虚荣心、好奇心与征服欲。当他完成了自己的欲念，征服了她，她的美貌与才情便成了生命中不可承受之累。结局只有一个：离开。而她，只是他斑斓生活中的一小段值得炫耀的华丽装饰，让他承蒙友朋的艳羡，暗自得意。

其实，鱼玄机与李亿何尝不是这样呢？

之五　窗下银灯暗晓风

《情书寄李子安》

饮冰食檗志无功，晋水壶关在梦中。
秦镜欲分愁堕鹊，舜琴将弄怨飞鸿。
井边桐叶鸣秋雨，窗下银灯暗晓风。
书信茫茫何处问，持竿尽日碧江空。

李亿是唐宣宗大中十二年（858 年）进士科的状元。当他对鱼幼薇姑娘一见倾心时，情窦初开的才女兼美女也爱上了他。

1. 择偶风尚

才女与才子，向来惺惺相惜。何况这个才子相貌堂堂，家世良好，前程似锦。在世俗的眼光里，状元李亿资本雄厚，几乎满足了少女鱼幼薇关于爱人的全部幻想。这里的资本可不是今天我们理解的金银财富，在盛世唐朝，社会风尚还不至于被市场经济物化到极致。

你也许有所不知，唐朝那时出身好点儿的闺秀都耻与商人为婚，流行的时尚是嫁给有文化的才子，即及第的进士。比如，宣宗宰相白敏中曾想纳前进士侯温为子婿，后来担心别人讥笑二人为“白猴”而作罢。但白敏中始终没死心，最终还是纳出身酒肆之家的及第进士陈会为婿，了却了爱慕科名的心愿。宰相尊贵至极，选婿反而羡慕进士出身，可见当时社会对进士出身的人尊崇备至。连贵为天子的皇帝嫁公主时也不能脱俗，同样在乎科名。唐宣宗准备将看中的及第进士许配给女儿永福公主，但这位千金吃饭时发脾气，折断了筷子，还扔到了地上。宣宗闻之，眉头一皱。做人公道的皇上老爹，自觉此女性情顽劣，实在配不上人家，随即选择了性情温和的广德公主许配给才子。连皇上都如此，可见有文化有科名的才子在当时是多么受人欢迎了。

在唐朝，高攀皇家，成为驸马，却不是所有及第进士的理想。唐大中十一年（857 年），世家子弟王徽进士及第，经过综合考量，被皇上看中，成为良婿佳选，准备纳为驸马。但王徽生性淡泊名利，不屑做皇上的姑爷，更不愿当金枝玉叶的出气筒，便通过贿赂宰相刘球，方才免去被天子"脔婿"的命运。

而李亿呢，年纪不大，已官至左补阙，可谓前途无量，人又生得端正健壮，性情温和，与才女鱼幼薇还真是天设地造的一对。所以，当聪明的鱼幼薇遇见了才华横溢的状元郎，怎能不动芳心呢?

2. 林亭的时光

在当时，嫁给有科名的佳婿，意味着光大门庭、福禄有余。好心的温老师出于对鱼幼薇前途的考虑，从中撮合。鱼幼薇架不住李师兄的猛烈攻势，况且她也是真心喜欢：他有大好前程、他一表人才、他满腹才情，最重要的是还懂得她，明白她的美好，欣赏她的才华……总之，不论从世俗角度，还是精神层面，李师兄都能满足这个才高气傲的小美女。鱼幼薇认定自己找到了真爱，但后来出了一个大问题，就是自己的真爱已有所归，李亿是有妇之夫。这让鱼幼薇很是烦恼和煎熬。这首七言律诗表达的就是这种情绪——

饮冰食檗志无功，晋水壶关在梦中。

内心焦灼，痛苦不堪，决心顺其自然，不求有功，此后你的身影将萦绕在我的梦中。饮冰，喝冰水，比喻内心焦灼。食檗（bò），吃极苦的黄柏，比喻痛苦不堪。无功，顺其自然不求有功。晋水，源自山西太原西南悬翁山，东流入汾河。壶关，指壶关山。诗中的晋水、壶关，有人认为指代丈夫李亿，表明他是山西太原人。也有人合理想象，认为这表明李、鱼二人曾在山西晋水一带度过了一段甜蜜而宁静的生活。

话说鱼幼薇认定自己找得了真爱，李亿也早已忘掉了家有悍妻的事实。他一门心思全扑在小美女身上，两人如影随形、如漆似胶。他深恐夜长梦多，决定婚事从速。在长安城繁花如锦的阳春三月，李亿一乘花轿就把盛妆艳饰的鱼幼薇姑娘，迎进了为她在林亭置下的一栋别墅中。对于一个有思想的美女来说，形式并不重要，重要的是嫁给谁跟谁过。于是像铺房、催妆、障车、青庐等婚礼常规的程序全免了，一切从简。鱼幼薇姑娘欢欢喜喜成了李家二太太。

秦镜欲分愁堕鹊，舜琴将弄怨飞鸿。

鱼玄机诗中一向善用对偶、用典、比喻等，多种辞格往往交织在一起，显示出极高的艺术技巧。在这里，秦镜对应舜琴，堕鹊对应飞鸿。而秦镜、舜琴、堕鹊、飞鸿又都取自历史典故。秦镜，陈后主妹乐昌公主与丈夫徐德言在古秦国长安破镜重圆的典故。愁堕鹊，取自牛郎织女每年七夕鹊桥相会的典故，意思是怕鹊坠落而无法相会。舜琴，舜帝的五弦琴。《史记·乐书》："舜弹五弦之琴，歌南风之诗，而天下治。"表达了一种深怕别离之后不再相见的忧虑。

林亭位于长安城西十余里，依山傍水，这里林木茂密，鸟语花香，是长安富家人喜爱的一个别墅区。这里，一对金童玉女在二人世界里，男欢女爱、琴瑟和鸣，度过了一段令人心醉的美好时光。但事态的发展并不顺遂，出了状况。什么状况呢？就是眼前这个自己爱的男人是已婚男人、有妇之夫，不得不面临时常分离的现实。这让新婚燕尔偶有清醒的鱼幼薇心生恨意。

不声不响娶了二房的李亿却是志满意得。话说回来，当时进士出身的男子实在是热得烫手的香饽饽。世人“以进士登科为‘登龙门’”。进士出身者，“终身为闻人”“位极人臣，常十有二三，登显列十有六七”。有学者曾认真做过统计，进士科在宰相中所占比例，德、顺时期为38%，宪、宣时期为74%，懿、哀时期为89%。士大夫为拢得有科名的乘龙快婿，往往各尽其能，用尽办法希望选个有科名者为婿，这就有了榜下择婿和榜前择婿两种方式。中晚唐进士及第后，要参加各种宴集活动，这种公开的活动便成了公卿择婿的最佳场所，其中以曲江宴最为出名——“其日，公卿家倾城纵观于此，有若中东床之选者，十八九钿车珠鞍，栉比而至”。公卿借机从中选择佳婿，成者“十有八九”，这种说法未免有些夸张，但榜下择婿的风气已经是不言而喻的。连大文豪韩愈也不能免俗，唐元和三年（808 年），周况进士及第，韩愈便将长女好好嫁给了周况。又如与白居易齐名的大诗人元稹，就是那个与大美女、大才女薛涛谱写过一曲姐弟恋的大才子，及第后得到太子少保韦夏卿大人的赏识，后将爱女韦丛许配于他。自幼丧父的苦孩子元微之算是仰攀高门，找到了仕宦靠山。

当然，民间闺秀也跃跃欲试，不甘落后。在敦煌文书中的《下女夫词》，有这样一段唱词，可以为证：

女答：本是何方君子，何处英才……

儿答：本是长安君子，进士出身。选得刺史，故至高门……

女答：何方所管，谁人伴换……

儿答：敦煌县摄，公子伴涉；三史明闲，九经为业。

《下女夫词》是晚唐五代敦煌地区婚礼仪式上的唱词，男、女对答内容，并非事实，但从中可知，女方所期盼的如意郎君，是“进士出身”或“三史明闲”“九经为业”等科第出身之类的官吏。反映了晚唐时期世人嫁女重科名的社会风尚。

3. 内心的迷乱

那么鱼幼薇呢，在这种社会背景下，想必这个出身寒微的姑娘一定不肯轻易放手。的确，这么抢手，又这么中意，有谁舍得与此等“门第、人物、文章”俱美的如意郎分离呢？

井边桐叶鸣秋雨，窗下银灯暗晓风。

这一联同样对仗工整，简单几笔便勾勒出凄凉孤寂的情境。井边的梧桐树叶在秋风秋雨中呼啦作响，窗下的灯光在晨风中摇曳，越来越暗。鱼幼薇的心境实在比秋夜还凉。相爱，却没有方向，窗外雷声轰隆，鱼幼薇迷乱在狂想的路上——委曲求全怎样？离开你又能怎样？

书信茫茫何处问，持竿尽日碧江空。

音信渺茫无人知，垂钓寒江却没有收获。“书信茫茫何处问”把对李亿来信的痴情盼望写得淋漓尽致：人见不到就算了，可你总要给我消息，写封信好让我知道你过得好不好啊。堕入情网的鱼幼薇越陷越深，禁不住胡思乱想，前景一片黯然，不知道她和她的爱究竟花落何处。现在，鱼幼薇已是剃头挑子一头热，人家李亿呢，却是恩爱过后，又暂且失忆，忘了山盟海誓，始终躲躲闪闪，没有一个正面回答。出身寒微的鱼幼薇心急火燎，一头乱麻，眼前只见情海茫茫，不知所归。

钟惺在《名媛诗归》中对这首诗有很高的评价：“缘情绮靡，使事偏能艳动。此李义山能为之，而玄机可与之匹。”

才子佳人的离愁别怨又岂止在鱼玄机的笔下。在当时重科名的婚嫁之风中，出现了《莺莺传》《霍小玉传》等传奇小说，多以科场举子与士族小姐、歌伎之间的恋爱为主题，开创了中国才子佳人的恋爱小说模式。

之六　泪落晴光一首诗

《春情寄子安》

山路欹斜石磴危，不愁行苦苦相思。
冰销远涧怜清韵，雪远寒峰想玉姿。
莫听凡歌春病酒，休招闲客夜贪棋。
如松匪石盟长在，比翼连襟会肯迟。
虽恨独行冬尽日，终期相见月圆时。
别君何物堪持赠，泪落晴光一首诗。

女人，通常一旦爱上了，便想着此生有靠，朝夕相伴，结婚生子，看重的是名分，要的是结果。因此，她们往往把婚姻视作爱情的归宿，在意的是一生一世。可男人未必这样。

那么在大唐呢？李亿和鱼幼薇呢？

1. 缱绻的春情

这首情致缠绵、愁肠百结的绝妙好诗《春情寄子安》里或许就有答案。

山路欹斜石磴危，不愁行苦苦相思。

首联以在崎岖山路和危崖中艰难行进，来形容相思之苦。

这哪里是鱼幼薇一个人的相思苦，这是天下无数痴情女子的相思之苦。又如李清照的《醉花阴》："莫道不消魂，帘卷西风，人比黄花瘦。"

冰销远涧怜清韵，雪远寒峰想玉姿。

次联运用对仗的手法，以冰雪景物的联想，曲叙李子安洒脱倜傥的神韵风度。

远处白雪皑皑的山峰，让她想起了爱人玉树临风般的姿容。所谓情人眼里出西施，李亿的举手投足，甚至眉间的一颗黑痣，在鱼幼薇眼里都那么美好，值得留恋。多么真纯的情感！

莫听凡歌春病酒，休招闲客夜贪棋。

三联通过饮食起居的系念，向心爱的人婉转致意。不要贪杯、闲聚、玩棋、听艳曲……这些叮咛，流露出小女人可爱的一面。

如松匪石盟长在，比翼连襟会肯迟。
虽恨独行冬尽日，终期相见月圆时。

四、五联则以贞坚自矢，并期望有一个圆满的结局。如松，比喻爱情忠贞。《礼记·礼器》："如松柏之有心也。"匪，通非。匪石，出自《诗经·邶风·柏舟》"我心匪石，不可转也"，言石可转而心不可转，从正反两面比喻自己对李亿的爱情坚定不移。

恋爱中的鱼幼薇很天真，对爱与未来，依然充满了美好的幻想和期待。可怜又可爱的女人啊。有道是：落花流水两无情。世上多少山盟海誓都随风飘零，付之东流。只有痴情女子伤情泪眼余秋恨，空对冷月黯销魂。正所谓"今日种种，似水无痕。明夕何夕，君已陌路"。

早在公元前8世纪的《荷马史诗》中，遇人不淑的美狄亚就说：“爱情真是人间莫大的祸害！”从美狄亚开始，“痴情女子负心汉”“爱而不能终其所爱”便成为西方文学乃至世界文学的一个主题。这一主题，同样在中国持续不断地上演着。只是悲剧的主角换了一茬又一茬，但结局雷同，总以女性伤心欲绝的泪水收场。而在李亿与鱼玄机的故事里，女主角将以更极端的方式谢幕。

别君何物堪持赠，泪落晴光一首诗。

尾联凄楚动人。把在晴天日光里流着泪写下的这首诗，作为离别的纪念。殷殷挚情、浓浓爱意毫无掩饰地从心灵中流淌出来。爱之深，情之切，意之真，令人为之动容。

这首《春情寄子安》，明代诗论家胡应麟推崇备至，他在《诗薮》中说：“余考宋七言排律遂亡一佳，唐惟女子鱼玄机酬唱二篇可选。诸亦不及云。”而我们，透过这首委屈体贴、和泪写下的赠诗，看到了一个处于社会底层的多才女子，她的痛苦遭际和悲凉心境。而这些，通通源于一个爱字！

2. 曾经沧海

明知相思苦，何必苦相思。这种悱恻缠绵的情致让我想起了薛涛写给元稹的《送友人》。一百多年前，鱼玄机的同朝前辈、薛涛薛洪度小姐，也曾那样痴情地爱着一个进士出身的大才子元稹。这个人，也同样是一个有妇之夫。只是这个人的名气远远超过了李亿，他的仕途、文采，甚至花哨浮浪的生活都远在李亿之上。比如，他的《菊花》素淡绝妙——

秋丛绕舍似陶家，遍绕篱边日渐斜。

不是花中偏爱菊，此花开尽更无花。

而他最擅长的是悼亡诗，尤其是悼念亡妻更是一绝。前面曾提到，元稹娶了太子少保韦夏卿大人的爱女韦丛。但这个千金小姐自打嫁了过去，一天好日子都没过，因为那几年是他老公仕途最黯淡的日子。元夫人等不及品味夫贵妻荣的滋味，便匆匆谢世。她这一死，给文坛巨星的老公提供了最好的文学素材。钱锺书说，文人最喜欢有人死，可以有题目做哀悼的文章。死掉太太或者老公，这题目尤其好；旁人尽管有文才，太太或丈夫只是你的，这是注册专利的题目。钱先生说的果然不错。仅就这一题材，韦丛的诗人老公就一连写了《离思》《遣悲怀》等悼亡系列作品，一而再、再而三地追怀。其中最有名的诗句是“曾经沧海难为水，除却巫山不是云”“惟将终夜长开眼，报答平生未展眉”“怪来醒后旁人泣，醉里时时错问君”。

就在元稹高调悼念亡妻时，他的感情生活却并不空虚。先是与薛涛纠缠不清，后来又纳妾，再后来又续娶裴氏，之后又与歌妓玲珑、刘采春混在一起，打情骂俏，好不自在……实在辱没了薛涛的一片深情！

在唐朝的诸多女诗人中，薛涛的才色和品位绝对是首屈一指的。她的身世和鱼玄机一样，都是幼年失怙，与母亲相依为命。迫于生计，薛涛凭借过人的美貌及精诗文、通音律的才情开始在欢场上侍酒赋诗、弹唱娱客，美名远扬。德宗年间，统领西南、能诗善文的剑南节度使韦皋，听说薛涛诗才出众，且是官宦之后，便破格将她召到帅府侍宴赋诗。韦皋本身就是诗人，对薛涛极尽溺爱，一日突发奇想，要授予薛涛“校书”一职，也就是掌管校理书籍的官员，虽然上表朝廷未被准奏，但“薛校书”之名不胫而走。王建曾写了一首《寄蜀中薛涛校书》：

万里桥边女校书，枇杷花里闭门居。
扫眉才子知多少，管领春风总不如。

从此，“女校书”“扫眉才子”就成为薛涛才名的代称。可惜，薛美人虽然聪明，虽然有才，虽然受重视，可她的职业还是卖笑。后来，她看明白了，便出钱把自己赎了出来，搬到了浣花溪边住，从此专心于造纸、歌赋，颇有出淤泥而不染之姿态。

薛涛，这位才女本来可以波澜不惊地安享生活。

但是，偏偏在错误之时遇见了错误之人。当 42 岁的薛涛与小自己 11 岁的元稹相遇时，她以为自己等待已久的人出现了。想来这个冷艳、孤傲而寂寞的美女内心该是多么欢欣。元稹早慕薛涛之名，及至相见，更加叹服薛涛的文采、辩才、姿色，立马视为红颜知己。这位风度翩翩的元小弟，拿出善于周旋的看家本领，不吝笔墨，对才貌盖世的薛姐姐称赞有加：

锦江滑腻峨眉秀，幻出文君与薛涛。
言语巧偷鹦鹉舌，文章分得凤凰毛。
纷纷辞客多停笔，个个公卿欲梦刀。
别后相思隔烟水，菖蒲花发五云高。

当冷艳才女遇见激情才子，故事发生了。冰雪被融化了，美丽的女神回归人间，重拾爱的芬芳。遗憾的是，冰雪聪明的薛美人关键时刻看走了眼，等错了人。她的这片心意与深情，对于陈寅恪先生眼中“以巧婚至通显”“巧宦曲学，媚世苟合”的元微之来说，只是一种优美的负累。抛弃了自己表妹还把这段经历写成《会真记》大肆宣扬的元稹小弟，托付一时尚可，托付一世可是万万不可。这场华丽的姐弟恋仅仅维持了几个月。

元小弟离开成都返京时，情到深处的薛涛依依不舍，临别时写了一首《送友人》——

水国蒹葭夜有霜，月寒山色共苍苍。
谁言千里自今夕，离梦杳如关塞长。

显然，这首七言绝句，清丽婉转，情致蕴藉。与鱼诗相比，更多了几分含蓄与苍茫。薛涛在生活阅历、人情世故方面显然更成熟，更丰富。

浣花溪边，当薛涛刻骨铭心地思念着元稹时，这个姐姐长姐姐短、满嘴流蜜的元小弟却正和年轻貌美的刘采春打得火热。好在薛涛早已过了为爱情而死的年龄，她更爱的是自己。于是，她保持着一贯聪明机警的作风，看到与元稹相聚无望，便不再无聊地等待与痴缠，一个人安然地继续自己的生活。

但是鱼幼薇，并没有从薛涛姐姐的爱情悲剧里看到自己的未来与选择。也许，她并不想重复前辈的人生；也许，她更想的是活出自己；也许，她压根什么都没多想。直到一个又一个的沟坎横亘在她面前，拦住了她的去路。这个女子，便如飞蛾扑火般地投将过去，没有半点迟疑。

之七　妆阁相看鹦鹉赋

光、威、裒姊妹三人少孤而始妍，乃有是作，精粹难俦。虽谢家联雪，何以加之？有客自京师来者示予，因次其韵

昔闻南国容华少，今日东邻姊妹三。
妆阁相看鹦鹉赋，碧窗应绣凤凰衫。
红芳满院参差折，绿醑盈杯次第衔。
恐向瑶池曾作女，谪来尘世未为男。
文姬有貌终堪比，西子无言我更惭。
一曲艳歌琴杳杳，四弦轻拨语喃喃。
当台竞斗青丝发，对月争夸白玉簪。
小有洞中松露滴，大罗天上柳烟含。
但能为雨心长在，不怕吹箫事未谙。
阿母几嗔花下语，潘郎曾向梦中参。
暂持清句魂犹断，若睹红颜死亦甘。
怅望佳人何处在，行云归北又归南。

唐朝是一个自信而诗意的朝代。在这个文学繁荣、诗歌兴盛的时代，能诗文者遍及朝野：帝王将相、文人墨客诗情大发，耄耋老人、三尺童子耻不知书，就连妃嫔贵妇、闺阁英秀、女冠娼优也锦心绣口，熏染了重文习诗之风。在大唐三百年的历史时期，诗人辈出，星光灿烂，仅《全唐诗》就收有一万多个诗人的作品，涌现出一批举世闻名的大诗人，独具风格的就有五六十家，留传给后世四万八千九百余首多彩多姿的诗。其中，一百二十多位女诗人，留下了六百余首旖旎芬芳的诗篇。上官婉儿、武则天、李冶、晁采、刘采春、鱼玄机、薛涛、花蕊夫人等，这些仪态万千的才女佳人吟咏着自己对自然、爱情与人生的感悟，在历史上留下了自己的清音丽声。

1. 那些才女

这首七言排律非常有意思，本是才女唱和才女之作，字句之间处处透露着佳人惺惺相惜的气息。这样一来，让该诗在大唐华丽的诗卷下散发着独具的韵致：一是从一个侧面折射了大唐盛世女子喜读诗书、多才多艺的社会风气；二是充分体现了女诗人不让须眉的非凡诗才。诗中说，光、威、裒三姐妹幼年丧父，刚刚长成妙龄女郎，便有了这样精妙绝伦的诗作。即使与东晋才女谢道韫的咏雪联句诗相比，也毫不逊色。在唐代，不乏此类才女。比如，唐太宗长孙皇后喜爱读书，可以著述。徐贤妃四岁随父读书，能诵《论语》《毛诗》，八岁就能写文章。武则天文史兼通，能替皇上批阅奏章、代行朝政，从此登上权力的台阶。

清代诗论家钱木庵在《唐音审体》中说："七言长律诗，唐人作者不多，以句长则调弱，韵长则体散，故杰作尤难。"一言道出了排律写作的难度与局限。鱼幼薇的这首排律好在哪里呢？不妨细品。

昔闻南国容华少，今日东邻姊妹三。
妆阁相看鹦鹉赋，碧窗应绣凤凰衫。

过去曾听说南国美女谢道韫年少时便显露出诗词天赋，今天芳邻三姐妹也毫不逊色。她们在闺阁里欣赏着《鹦鹉赋》，在绿纱窗下绣着凤凰衣衫。寥寥数笔，便勾勒出了三姐妹充满诗意的闺秀生活。句式对仗工整，用典巧妙。"容华"，意指才貌双美的女子。谢道韫，为东晋名相谢安侄女，王凝之的妻子，才情高华，幼年时就因"柳絮因风起"这句赞雪景的佳句让谢安赞赏不已。名将谢玄每次见到这位姐姐除了敬畏，还是敬畏。不管对何人谈起这位姐姐，他都只有赞叹。《鹦鹉赋》，东汉末恃才傲物的祢衡所作。全赋分三部分：第一部分，"采采丽容、咬咬好音"的鹦鹉命运；第二部分，自己为臣事主的感受；第三部分，表达了自己的心志。全赋托物言志，写出了寄人篱下的悲凉处境，哀楚动人。

红芳满院参差折，绿醑盈杯次第衔。
恐向瑶池曾作女，谪来尘世未为男。

继续由衷赞美心灵手巧的三姐妹浪漫的闲居生活，甚至把她们比作美轮美奂的瑶池仙女。红芳与绿醑，即红花与绿酒，形成了色彩上的鲜明对比；参差折与次第衔则达到了动作上的巧妙对应，动静相宜，遥相呼应。营造出一种青春活泼的美好意境。

2. 如花容颜

文姬有貌终堪比，西子无言我更惭。

一曲艳歌琴杳杳，四弦轻拨语喃喃。

不吝笔墨，继续铺陈，更进一步赞美她们的美貌与才情。诗中再次用典，将她们与东汉才女蔡文姬、春秋美人西施相比较，突出了她们出众的才貌。诗中还用了复叠的修辞手法。陈望道在《修辞学发凡》中论道："复叠是把同一个字接二连三地用在一起的辞格共有两种：一是隔离的，或紧相连接而意义不相等的名叫复辞；二是紧相连接而意义也相等的名叫叠字。"杳杳与喃喃，连用两个叠字，生动有韵律，可谓"复而不厌，赜而不乱"。

当台竞斗青丝发，对月争夸白玉簪。

小有洞中松露滴，大罗天上柳烟含。

描摹的视线由远至近，细说她们的如花容颜、自在生活。对仗、排比、比喻多种辞格交相运用。天生丽质难自弃。鱼幼薇在夸赞、欣赏三姐妹的同时，是不是也在自我欣赏，想要追求这样一种悠闲的生活呢？

但能为雨心长在，不怕吹箫事未谙。

阿母几嗔花下语，潘郎曾向梦中参。

转入三姐妹少女怀春的内心世界。情窦初开的三姐妹只羡鸳鸯不羡仙，渴望美好幸福的婚姻。这何尝不是鱼幼薇、薛涛、李治这些绝代美女兼才女曾经的苦苦追求呢。但命运不济，所谓花红易衰似郎意，水流无限似侬愁，只落得孤独飘零的境地。

暂持清句魂犹断，若睹红颜死亦甘。

怅望佳人何处在，行云归北又归南。

极尽夸张之能事，形容三姐妹的诱人魅力。男人们只要看到她们清新的诗句便如痴如醉，如果看到她们的花容月貌，就是死了也心甘。若问佳人何处去，她们是天上的一片云，南来北去，了无踪影。意犹未尽，鱼幼薇故设悬念，令人回味。

3. 鱼幼薇的才情

这首七言排律，在思理脉络上对女性生命需求的肯定和赞佩尤其突出。诗人鱼幼薇用排比、对偶交错的手法铺写，盛赞姐妹三人容华丰美、文采富赡、心灵手巧、针绣精致、吟诗饮酒、风流娴雅、才貌双全、琴艺高超、天生丽质、清丽绰约……显示了极高的文学才情。明代胡应麟在《诗薮》中对鱼玄机此篇的艺术成就给予了极高的评价："余考宋七言排律遂无一佳，唐惟女子鱼玄机二篇可选，诸亦不及云。"并用行下加小注的形式曰:“施肩吾百韵在二作下。”另一篇则是《春情寄子安》。

在遣词用句上，相对于五律，七律更见功力。鱼幼薇的七律格律严谨，属对精工，挥洒自如。而排比的大量运用，直接铺就了一种节奏上的律动，规避了七言排律容易涣散无神的弱点，同时营造出一种绵密细致、精丽工稳、层层递进的效果。最可贵的是鱼幼薇还善于综合运用多种辞格，能精妙传神地写景状物，挥洒自如地传情达意，达到了委婉含蓄、生动典雅、意境浑成的艺术效果。

当美女吟咏美女，当才女赞佩才女，才貌胜于春色。这些才色双绝的佳人，她们的出现，给历史增添了多少柔媚之色，又给后人留下了多少想象的空间。

附录：光、威、裒三姊妹联句

朱楼影直日当午，玉树阴低月已三。（光）
腻粉暗销银镂合，错刀闲剪泥金衫。（威）
绣床怕引乌龙吠，锦字愁教青鸟衔。（裒）
百味炼来怜益母，千花开处斗宜男。（光）
鸳鸯有伴谁能羡，鹦鹉无言我自惭。（威）
浪喜游蜂飞扑扑，佯惊孤燕语喃喃。（裒）
偏怜爱数蟏蛸掌，每忆光抽玳瑁簪。（光）
烟洞几年悲尚在，星桥一夕怅空含。（威）
窗前时节羞虚掷，世上风流笑苦谙。（裒）
独结香绡偷饷送，暗垂檀袖学通参。（光）
须知化石心难定，却是为云分易甘。（威）
看见风光零落尽，弦声犹逐望江南。（裒）

联句之章，即兴递续，上下文之间，思路的联络与转折，全凭联吟者随机感悟，一般难以构成完整情境。光、威、裒姐妹之作的好处是，在对眼前风光的叹赏里融和着对岁月流逝、风华销歇的无奈，有一定深度。生命感悟、爱恋追求的意义尤显豁达与执着。

之八　春来秋去相思在

闺怨

蘼芜盈手泣斜晖，闻道邻家夫婿归。
别日南鸿才北去，今朝北雁又南飞。
春来秋去相思在，秋去春来信息稀。
扃闭朱门人不到，砧声何事透罗帏。

1. 闺怨深深

在男尊女卑的封建社会，闺怨是永恒的话题。

蘼芜盈手泣斜晖，闻道邻家夫婿归。

采了满把蘼芜草在斜阳余晖中边走边哭，邻家夫婿已归而自己却成了弃妇。蘼芜，香草名。汉代古诗云："上山采蘼芜，下山逢故夫。"采蘼芜，表示女子已被遗弃。

别日南鸿才北去，今朝北雁又南飞。

仰望晴空，看大雁南飞，感叹时光流逝，别离的日子如在眼前。忧怨在顾盼之间不经意流出。

春来秋去相思在，秋去春来信息稀。

春来秋去，一天天地无一不在思念他，但他却少有书信来。

连一封信都不肯写，这样薄情的男人，思念他有什么用？即使你成了化石，他也誓死不归。牵挂、思念这般无情人，等于慢性自杀。这样清楚的道理，像鱼幼薇这样绝顶聪明的女子却拒绝接受，她们被爱蒙蔽了，爱是她们的死穴。一旦爱上了，便迅速沦陷，彻底失控，很难跳脱爱的旋涡，为情所困，为爱所伤，闷闷不语，落落寡欢。

扃闭朱门人不到，砧声何事透罗帏。

朱门紧闭，与人隔绝，那捣衣声却透过纱帐来烦扰。正是："几年离索，满怀愁绪，又与何人说？"寂寞、孤独、幽怨、怅然的心情，跃然纸上。

2. 叹息声声

闺房里端坐的佳人为什么会屡屡发出幽怨的叹息呢？其实，让闺秀心生抱怨、怨恨的原因大致有三。

一是单相思的暗恋或者无果而终的苦恋。像林黛玉、霍小玉。虽然一见钟情，却又打死也不说。彼此遮遮掩掩，犹抱琵琶半遮面，玩捉迷藏。但这种暗恋、苦恋并不适合所有女子。身体好的、想得开的，输得起，苦恋也无妨；身体虚弱、执着的，却是玩火自焚。但相思的愁绪却偏偏喜欢缠上追求浪漫、弱不禁风的娇小姐。她们娇喘微微、面色苍白，喜欢吟诗弄琴。一旦喜欢上一个男人，便一条道走到黑，死心塌地痴缠纠结不休。思君如百草，撩乱逐春生。思君如明烛，煎心且衔泪。最可怕的是她们痴缠的不一定是那个男人，而是她们心中自己的爱情。这样的女子一旦投入，便很难抽身而退。于是相思越深，怨恨越深，“春已暖而花不开，妾有情而郎无意”，致使气血两亏，留下最后的叹息和遗恨，郁郁而终。

二是明明相爱，却被生生离散。山盟还在，锦书难托，从此天隔一方。曾经欢爱一场，如今都已成追忆。比如陆游、唐婉，比如焦仲卿、刘兰芝，再比如梁祝的化蝶双飞，刘焦的孔雀东南飞。而悲剧女主角的一腔幽怨也最能打动人心，有情人不成眷属的哀婉伤悲，令人唏嘘不已。正如被逼离婚后的陆游、唐婉再次相遇时，满腹愁绪的唐婉写下了一首词，抒发了多年来的积怨和无奈——

世情薄，人情恶，雨送黄昏花易落。晓风干，泪痕残，欲笺心事，独语斜阑，难，难，难！

人成各，今非昨，病魂常似秋千索。角声寒，夜阑珊，怕人寻问，咽泪装欢，瞒，瞒，瞒！

三是遇人不淑，始乱终弃。所谓，流光容易把人抛，红了樱桃，绿了芭蕉。痴情女子负心郎，皎若云月也枉然。这样的例子比比皆是。南朝名妓苏小小曾在与当朝相国公子阮郁热恋之际，曾写下一首《同心歌》——

妾乘油壁车，郎骑青骢马。
何处结同心？西泠松柏下。

可阮家并不承认这个婚事，终逼阮郁毁约。自阮郁去后，便音信皆无。“夜夜常留明月照，朝朝消受白云磨。”小小姑娘天天以泪洗面，吟诗解愁。临终前姑娘感慨说：“交际似浮云，欢情如流水。心迹又有谁知？小小别无所求，只愿埋骨于西冷，不负对山水的一片痴情。”

3. 寂寞种种

对于误入红尘或者身为女冠的才女美女薛涛、鱼玄机、李冶来说，云房里的幽怨、抱怨、怨恨一点儿不比寻常女儿家少，甚至更多。为什么呢？因为，她们身份低微，却才色过人，敢爱敢恨，足以吸引无数爱慕之人。而她们的艳名又注定了她们的悲剧。欢场中的她们，是名士才子酬唱的红颜知己。在追求爱情方面，试问天下又有几个有魄力的男人，敢从青楼里找老婆呢。这些不凡的女子呢，她们聪慧敏感、强颜欢笑、左右逢迎，却又恃才傲物、追求一种平等忠诚的夫妻关系……境遇和追求如此之悬殊，造就了她们矛盾、多面而纠结的精神世界。对于她们来说，相爱容易，相守却难。在看似香艳的红尘里，她们的寂寞只有她们知道。

当正值青春年少的鱼幼薇写下了《闺怨》时，她还没有对爱情绝望，或者说对李亿和自己的未来还抱有一些希望和侥幸。她的幽怨与怨恨至少还有一些满含期待的温度。年轻的她，还没有真正理解前辈薛姐姐何以发出那样苍凉而忧伤的哀怨，还不明白一个道理——

爱，时常发生，却经不起等待。

第二部分

相思春恨

之九　水柔逐器知难定

送别

水柔逐器知难定，云出无心肯再归。
惆怅春风楚江暮，鸳鸯一只失群飞。

1. 女诗人

诗出于歌，歌起于民间。民歌的开始，很可能属于劳动歌谣。从独唱到互唱，由互唱到对唱，再由对唱到问答，于是男女诗人便这么产生了。《诗经·郑风》中的《山有扶苏》《狡童》《将仲子》，都是女性所作，可惜没留下姓名。五言诗起于汉代，已有好几位女诗人见于著录。窦玄妻的《古怨歌》，乌孙公主的《悲愁歌》，卓文君的《白头吟》，蔡文姬的《胡笳十八拍》，皆是好诗。魏、晋以后，历代都有女诗人，如汉代的班婕好、徐淑，齐代的鲍令晖、韩兰英。到了唐朝，女诗人的阵容空前华丽而繁荣。初唐、盛唐之时有李冶、薛涛、刘采春。晚唐时节，则有国色天香的鱼玄机。她超凡的诗才、大胆的抒怀以及放任不拘的生活，招来了不少非议与骂名，但历史不会抹杀她的才华。《唐才子传》曾评曰："时京师诸宫宇女郎，皆清俊济楚，簪星曳月，惟以吟咏自遣，玄机杰出，多见酬酢云。"

2. 二太太

当鱼幼薇姑娘在阳春三月，被迎娶进了李亿为她在林亭置下的一栋别墅，明艳多姿、情致率真的小学妹便成了李家二太太。出身高门的大太太裴氏，起初被蒙在鼓里。忘乎所以的李先生一时昏了头，以为时间一长，纳妾之事便可蒙混过关，不了了之。而二太太也沉浸在新婚燕尔的幸福里，脸色红润，目光柔和，与丈夫相看两不厌。就像影视剧里的情节逻辑发展，大太太最终得知了真相，勃然大怒，失手打碎了一只名贵的三彩陶瓶，花枝散落了一地。娘家资本雄厚的裴氏将远在温柔乡的老公骂了个狗血喷头，恨不得将鱼幼薇打入十八层地狱，踏成粉末。怒发冲冠的大太太稍稍平定，便写了一封言词激烈的家书，下令李亿立马滚回来低头认错，还托亲戚亲自传话施加威胁。李家二太太的厄运开始了。

水柔逐器知难定，云出无心肯再归。

巧用比喻，将男子秉性比作飘浮不定的云，随意东西；将女子比作柔弱随器成形的水，很难有自己的形状。写出了女子对男子无可奈何的依赖以及依赖下的寂寞、痛苦之情，以上诗句不仅比喻贴切而且对偶工巧。东晋陶渊明《归去来辞》有云：“云无心以出岫，鸟倦飞而知还。”这里，字面上仅是化用前半句，实际上也包含有后半句的意思，即暗讽丈夫还不如飞鸟有情，鸟在巢外飞倦了尚且知道归来。这一句用的是疑问句，实际上却表述了诗人肯定性的清醒认识，肯再归即岂再归，亦即不归之意。

鱼幼薇为什么会有这样的认识与感觉呢？原因很简单。丈夫的懦弱、退却让她有十一分的不开心、十二分的担心。接到老婆裴氏的信，李亿边看边哆嗦，想到一脸凶相的老婆，披头散发，一路趺趺撞撞飞奔过来，连哭带骂，后面还跟着一大串帮着说理的阔亲戚……“要我还是要她？我走还是她走？有我没她，有她没我！”其实换个角度，裴氏的反应也可以理解，人家毕竟是在捍卫自己的家庭地位和权力。试问，天底下有几个女人肯把自己的老公拱手相让给别的女人呢？仪态全失的李家大太太出奇愤怒，不再顾忌大家闺秀的脸面，张口骂人、抬手打人，家庭纠纷似有随时闹出人命的苗头。一向惧内，害怕事态扩大的李亿脑子里似有无数苍蝇在嗡嗡乱叫。离开还是留下？这个命题就像哈姆雷特的“生存还是死亡”一样，折磨着懦弱书生。

惆怅春风楚江暮，鸳鸯一只失群飞。

对景抒情。傍晚，怅然地望着被春风吹绿的楚江两岸，一双离群的鸳鸯在夕阳中飞翔。鱼幼薇的这首七言绝句委婉曲折、缠绵悱恻。依依不舍中传递出一种忧虑——恩爱不能如水长流。

3. 李亿的小辫子

鱼幼薇怎能不忧虑呢？当高大魁梧的丈夫接到悍妇的一纸战书，辗转反侧不能入睡，当李亿冷漠地推开鱼幼薇温柔的拥抱，当他在深情的视线里躲躲闪闪、心神不定……曾经的幸福渐渐坠落。离开还是留下？这个恼人的命题也折磨着如花似玉的二太太。正面还是反面？离开还是留下？她甚至不停地抛掷开元通宝，占卜命运。

曾经相爱的两个人开始出现了裂痕，直到有一天裂痕扩大到肉眼已无法忽略。心猿意马的李亿终于摊牌了，他鼓足了勇气宣布了自己的临时决定：宝贝，先小别一下，等我处理完了纠纷，做通了她的思想工作，我立马回来，继续过咱们的小日子。其实说完这话，连李亿自己都没有底气。而鱼幼薇呢，点头啜泣，事已至此，妾愿等你。

话又说回来，李亿为何这么惧内呢？老婆裴氏究竟抓住了他什么小辫子这样作威作福呢？其实，这与唐朝的社会风尚有关。在大唐，女性在家庭生活中拥有一定的法定继承权，可以单独为户主，具有较为独立的经济地位，在社会生活的许多方面发挥着作用。唐朝妇女也颇为“妒悍”。史书中记载：“大历以前，士大夫妻多妒悍。”吃醋的典故便源自唐代。所谓“妇强夫弱，内刚外柔”“怕妇也是大好”，竟成为唐人笔记小说中津津乐道的“题目”。而李亿的老婆裴氏仰仗自己家里的权势，更不把丈夫放在眼里，平时老公就委曲求全，让她三分。再说，她自小娇生惯养、霸道十足，卧榻之侧哪肯容得下另一个女人。想到老公和那个女人百般温柔、缠绵悱恻，裴氏不禁怒火中烧，恨不得立马出现在他们面前，将她撕个粉碎，让她万劫不复。

面对这样一个悍妇，鱼幼薇只有死路一条。而李亿呢，只有悄悄溜走。

一千多年前，汉代李延年曾作歌云：

北方有佳人，绝世而独立。
一顾倾人城，再顾倾人国。
宁不知倾城与倾国，佳人难再得。

可是，在这个世上，又有几个男人真正懂得佳人、怜惜佳人、珍爱佳人呢？

之十　莫愁魂逐清江去

过鄂州

柳拂兰桡花满枝，石城城下暮帆迟。
折牌峰上三闾墓，远火山头五马旗。
白雪调高题旧寺，阳春歌在换新词。
莫愁魂逐清江去，空使行人万首诗。

1. 远游

这首情思别致的七律，借景说情，追念莫愁又暗喻自己不能无愁。主题是珍爱女子，不要等佳人已去空留念。

柳拂兰桡花满枝，石城城下暮帆迟。

杨柳轻轻掠过船桨，桃李花开满枝飘香，船到达鄂州城下，天色已晚。兰桡，用木兰做的划水的工具。苏轼《前赤壁赋》："桂棹兮兰桨。"桨和桡是同义词，但仍有区别：一是桨长桡短，二是用桡时呈坐姿，双手执一桡；用桨则须站立，双手各执一桨。

首联以一组移动的风景拉开了诗意的序幕。鱼幼薇当时为什么离开长安南下远游呢？她是怀着怎样的心情呢？也许答案就隐藏在她清秀的诗句里。

折牌峰上三闾墓，远火山头五马旗。

视线由近至远。颔联描画了暮色中远方的景致——折牌峰上有楚国诗人屈原的坟墓，还有远火山顶州郡长官的旗帜。三闾墓，是指屈原墓，战国时代楚国人屈原曾任三闾大夫，后来就用“三闾”指代屈原。五马，州郡长官的代称。

夕阳西下，远山上的屈原墓，暮色中飘扬的旗帜，多么寂寞而孤独的画面！而鱼幼薇的远游又何尝不孤独寂寞！远离了心爱的丈夫李亿，孤身一人置身于这样的景色之中，那种身世之感，让她忍不住潸然泪下。泪珠迷蒙了她明亮的眼睛，有的只是迷茫，甚至是凄凉。

白雪调高题旧寺，阳春歌在换新词。

从看到的景色转入听到的音色。颈联：阳春、白雪这些格调高古的乐曲，换上了新的歌词。白雪、阳春，为楚地古乐曲名，是高雅乐曲的代名词。新词，南朝时开始在楚地流行的《石城乐》与《莫愁乐》。《旧唐书·音乐二》说：《莫愁乐》出于《石城乐》。石城有女子名莫愁，善歌谣，《石城乐》和中复有“莫愁”声，故歌云：“莫愁在何处，莫愁石城西。艇子打两桨，催送莫愁来。”

莫愁，莫愁，这些歌声在鱼幼薇听来，更多的是离愁别绪。远方的他好吗？是否也会这么思念她？他跟原配裴氏沟通好了吗？是不是可以一起平静地生活呢？

莫愁魂逐清江去，空使行人万首诗。

尾联点题。莫愁姑娘的一缕幽魂早已随一江之水轻轻流散，枉费过往行人追怀念想的无数诗篇。

这首七律依然延续了鱼诗一贯的创作手法：排比、对偶、用典多种辞格交相呼应，动中有静，寄托深远，写景工丽，清浅婉约，富有情致，格调不凡。尤其是尾联——“莫愁魂逐清江去，空使行人万首诗。”影射了多少佳人的悲凉处境，生不逢时，死逢时！当斯人已去，一万个人一万首诗的怀想又有什么用呢？

2. 她们的愁绪

鱼幼薇写愁不是第一人。翻阅史书，中国历代女诗人作抒怀诗，大都擅写离别之愁绪。按照宋朝理学大师朱熹的观点，庄姜是中国历史上第一位女诗人，也是写离愁别绪的第一人。她是春秋时齐国贵族，卫庄公的夫人。相传《诗经》里的《燕燕》为其所作：“燕燕于飞，差池其羽。之子于归，远送于野。瞻望弗及，泣涕如雨。”后代诗评家推为“万古离别之祖”。庄姜出身名门，美貌非凡，聪明远识，丽于文辞，可谓千古美女的代言人，《诗经·卫风·硕人》中描写庄姜时说：“手如柔荑，肤如凝脂，领如蝤蛴，齿如瓠犀，螓首蛾眉，巧笑倩兮，美目盼兮。”可这样一个稀世美女却偏偏嫁错了人。她因为没有生孩子，而被长期冷落。丈夫卫庄公昏惑暴戾，对如花似玉的贤妻非但不理不睬，甚至经常使用家庭暴力，非打即骂，简直是暴殄天物。后来，他又娶了陈国的美女。非常不快乐的庄姜，只能在诗歌中“静言思之”，常常“耿耿不寐”“忧心悄悄”。庄公死后，她又遭遇了一连串残酷的宫廷夺权政变，目睹庄公的骨肉自相残杀。庄公与戴妫生有一子桓公，庄姜视若已出，十分疼爱。但桓公继位不久，就被庄公的另一个儿子州吁所杀。州吁后来又被卫国人所杀。历经深宫冷遇、家庭暴力、宫廷连环谋杀，庄姜看尽了人间悲凉，泪水婆娑，在历史上留下了孤单而凄凉的身影。绝代佳人的身世何其悲也！

汎彼柏舟，亦汎其流。耿耿不寐，如有隐忧。微我无酒，以敖以游。
我心匪鉴，不可以茹。亦有兄弟，不可以据。薄言往愬，逢彼之怒。
我心匪石，不可转也。我心匪席，不可卷也。威仪棣棣，不可选也。
忧心悄悄，愠于群小。觏闵既多，受侮不少。静言思之，寤辟有摽。
日居月诸，胡迭而微？心之忧矣，如匪浣衣。静言思之，不能奋飞。

庄姜在《柏舟》一诗中表达了对婚姻生活的惴惴不安。《柏舟》即作者自况，柏木之舟质地坚实细密，才质出众，但却是飘荡水中的一只空船。丈夫庄公与她长期分居，庄姜的隐忧无法排解，耿耿不寐，发出了“我心匪鉴，不可以茹”“我心匪石，不可转也”“我心匪席，不可卷也”的哀怨不平之声。

那么鱼美人呢？她最深处的怨恨源自李亿。因为追求天长地久的爱情终不可得，鱼美人陷于无法解脱的苦闷和忧愁之中。她的《秋怨》诗写道：“自叹多情是足愁，况当风月满庭秋。”类似这样写愁的诗句，在鱼诗中比比皆是。如《赋得江边柳》：“萧萧风雨夜，惊梦复添愁。”扣合个人处境，感人至深。《赠邻女》：“枕上潜垂泪，花间暗断肠。”《期友人阻雨不至》：“乡思悲秋客，愁吟五字诗。”《代人悼亡》：“从此梦悲烟雨夜，不堪吟苦寂寥时。”都可以窥见其“夜夜灯前欲白头”的悲伤心境。

正如万曼《唐集叙录》中所说:“玄机善吟咏,美风调,虽未免涉于多情,而幽柔融雅,有足悲焉。妇人之集,其仅有者,岂多见邪!”

3. 她们的胆识

鱼幼薇的愁苦并不仅限于爱情生活中“送别”“秋思”“愁望”“闺怨”等方面。在仕途上,她恨自己不能身为男子,在考场和官场一展才华,实现抱负。她在《游崇真观南楼睹新及第题名处》中写道:“自恨罗衣掩诗句,举头空羡榜中名。”在《卖残牡丹》一诗中则曰:“应为价高人不问,却缘香甚蝶难亲。”流露出怀才不遇、临风兴叹的感伤与遗憾。《唐才子传》作者辛文房对她甚为欣赏,说:“观其志激切,始为一男子,必有用之才。”

在历史上,这等襟抱不凡的才女并不独鱼美人一个。在半个多世纪之后就出现了一位花蕊夫人。她是后蜀主孟昶的宠妃,归降后,又得宋太祖赵匡胤的宠爱,最后却死在了宋太祖胞弟赵光义的冷箭之下。据说她冰肌玉骨,“花不足以拟其色”。如果不是亡了国,人们也许永远不会看到花蕊夫人的另一面。谁也没想到:一个貌美娇弱的后宫女子,在国破家亡之时,却表现出酣畅淋漓、不输男儿的魄力。在被宋军押送北上汴京的途中,花蕊夫人就像槛车中的“绿鹅”,芳心欲碎,在葭萌关的驿壁上匆匆地题写了半阙《采桑子》:“初离蜀道心将碎,离恨绵绵,春日如年,马上时时闻杜鹃。”表达了她离蜀时悲愤的心境,这就是后蜀史上著名的“葭萌题驿”事件。

之十一　古来悲乐与今同

和新及第悼亡诗二首

一

仙籍人间不久留，片时已过十经秋。
鸳鸯帐下香犹暖，鹦鹉笼中语未休。
朝露缀花如脸恨，晚风欹柳似眉愁。
彩云一去无消息，潘岳多情欲白头。

二

一枝月桂和烟秀，万树江桃带雨红。
且醉尊前休怅望，古来悲乐与今同。

新及第而悼亡，诚所谓一喜一悲也。在这两首悼亡诗中，鱼幼薇仿照新科进士悼亡姬妾诗词而作。

1. 绮丽婉转

第一首七律，言词精妙，绮丽婉转，一片深情。意象密集，鸳鸯帐、鹦鹉笼，朝露、晚风，缀花、欹柳，借助严整的对偶形式组成了优美而深情的图画，由物及人，营造了一个情意绵绵、深情款款的艺术境界，这在很大程度上应归功于对偶这种形式。袁行霈先生有过很好的论述，他说："对偶是连接意象的一座很好的桥梁，有了它，意象之间虽有跳跃，而读者心理上并不感到跳跃，只觉自然顺畅的过渡。中国古代的诗人常常打破时间和空间的局限，在广阔的背景上自由地抒发自己的感情。对偶便是把不同时间和空间的意象连接起来的好方法。"

鸳鸯帐下香犹暖，鹦鹉笼中语未休。

颔联营造出佳人已去，但余香犹存，音容宛在的意境。一个"香犹暖"、一个"语未休"让已逝的佳人一下子在思念中生动了起来，为下联从内容、情感上进行了巧妙的铺垫。

朝露缀花如脸恨，晚风欹柳似眉愁。

颈联最有意思。为什么呢？聪明的鱼幼薇在这里运用了倒喻。什么是倒喻呢？和比喻有什么不同呢？

原来，倒喻是本体和喻体次序颠倒的一种比喻。鱼幼薇的这两句——“朝露缀花如脸恨，晚风欹柳似眉愁”。如果按正常的逻辑似乎应为“脸恨如朝露缀花，眉愁似晚风欹柳”，但鱼美人偏偏倒反顺序，移情花柳，佳人已去，花木同悲。我们可以这样解读：花缀朝露似乎是悼亡者脸上哭泣的泪水，晚风欹柳似乎是他的愁眉；花在啜泣，柳也哀愁。与白居易《长恨歌》“芙蓉如面柳如眉”之句有异曲同工之妙，写得情景交融，缠绵悱恻，一往情深。

2. 哀而不伤

第二首七言绝句，清秀隽永，哀而不伤，格调不俗。

一枝月桂和烟秀，万树江桃带雨红。

多么美好的诗句：山中的月桂在烟雾中静静开放，江边的万树桃花在雨中更艳红。这么静美的风致，怎能不让人想起佳人月桂般的芳姿以及桃花般的容颜呢？触景生情，情景交融，淡淡的思念与追想，散发着一种栀子花般的黯然幽香。

且醉尊前休怅望，古来悲乐与今同。

死生由命，富贵在天，醉眼蒙眬莫惆怅，古往今来，悲哀欢乐其实没什么不同的。

这首诗妙就妙在没有止于悲悲切切的哀叹中，而是将追怀的情调升至更高的境界。用“古来悲乐与今同”来述说人生的无奈，透出了一种阅尽世间生生死死、悲欢离合的苍凉味道，悠远的思念、淡然的回忆、深沉的情愫，使得这首悼亡诗意境古雅，卓而不凡。

之十二　凉风惊绿树

早秋

嫩菊含新彩，远山闲夕烟。
凉风惊绿树，清韵入朱弦。
思妇机中锦，征人塞外天。
雁飞鱼在水，书信若为传？

1. 早秋的禅意

旁观鱼幼薇的这首五言律诗，犹如疏眉淡目、不施脂粉、浑然天成的清秀女子，那么干净、清新，散发着辽远的禅意。尽管有相思之意，但却没有秋的悲凉与萧瑟，看到的分明是天高阔达的从容与淡然。

嫩菊含新彩，远山闲夕烟。
凉风惊绿树，清韵入朱弦。
思妇机中锦，征人塞外天。
雁飞鱼在水，书信若为传？

但她凡心未定，尘缘未尽。还是一门心思钻进牛角尖里，千绕万绕怎么也绕不开李亿这个懦弱的负心郎。

这两联猛一看，意境似曾相识。想起了王维的《鸟鸣涧》——

人闲桂花落，夜静春山空。
月出惊山鸟，时鸣春涧中。

苏东坡曾说：“观摩诘之诗，诗中有画。味摩诘之画，画中有诗。”作为盛唐山水田园诗派的代表人物，王维对自然的感受独特而又细腻，笔下山水景物别具神韵，略事渲染而意境悠长，色彩鲜明优美，真真充满了诗情画意。他的写景诗，篇幅短小，语言精美，音节舒缓，动静结合，善于表现自然界光色和音籁变化。在描绘自然美景的同时，流露出闲居生活中清逸闲散的情趣。或静谧恬淡，或气象萧索，或幽寂冷清，表现了诗人对现实漠不关心甚至禅学寂灭的思想情绪。正是由于他常以一位禅者的目光览观万物，才使他的诗有了一种其他诗人所难以企及的静美、澄旷、寂悦。

王维在静动交错的诗句中，描写大自然中一刹那间的纷纭动象，“月出惊山鸟，时鸣春涧中”，表现着自然万物声与色的变化。而“人闲桂花落，夜静春山空”，又是那样的清净与静谧，禅韵盎然。类似这般的名句还有“明月松间照，清泉石上流”等，往往荡涤胸怀，给人以恬淡宁和的无尽遐思。

而鱼诗也不乏灵动的变化，静中有动中追求自然的韵律。由近及远的视线——嫩菊、远山，绿树、朱弦，风中摇曳的绿树、风吹树叶的自然之声，赋予了诗句以更多的变化与动感。而嫩菊、远山、绿树、朱弦则洋溢着丰富而鲜艳的色泽，使倍含诗意的诗句具有了色彩明丽的画意。倘若到此为止，没有下两联——“思妇机中锦，征人塞外天。雁飞鱼在水，书信若为传”，那么鱼诗的意境堪比王诗，颇有置身尘外的从容与淡定。

2. 不灭的凡心

明代诗论家胡应麟在《诗薮》中称，王维五绝“却入禅宗”，又说《鸟鸣涧》《辛夷坞》二诗，“读之身世两忘，万念皆寂”。而鱼幼薇的《早秋》还对心意摇摆不定的老公念念不忘。借思念丈夫的妇人、远在边塞的丈夫，寄托自己缠绵不绝的相思之情。“雁飞鱼在水”用了两个典故，一是鸿雁传书，见《汉书·苏武传》。二是鱼腹传书，出自《史记·陈涉世家》。

与“天下文宗”“诗佛”之美称的前辈不同，鱼幼薇的这首《早秋》里少了些寂灭的禅意。远山上的袅袅夕烟轻轻在动，凉风吹过绿树也在轻摇，织造征衣的思妇，在边塞烽火中行进的征人，飞翔天空的大雁，水中的游鱼，全都是动态的景物，当她用省净的笔墨，将这些动态的景物剪接在同一首诗中时，这些景物全都成了怅怅思念的背景。毕竟是心怀爱意的女子，那时的她还没有对丈夫彻底死心，而李亿的山盟海誓也还时时回想在耳边，让她无法割舍，心存幻想。

3. 理智与情感

其实情感的困惑与折磨，也曾长久地困扰着王维。他的才情、他的抱负、他的襟怀，曾被大唐显赫一时的太平公主所欣赏和钟情。而公主与才子的距离，并不是理智所能拿捏的。所以，当风华正茂的诗人王维，面对高贵、美丽而智慧的公主无所适从时，他明智地选择了消失，从无法把握的情感中抽身而出，消失于江湖山林中。而让他最终彻底远离朝野、凡心寂灭，在辋川静思、参禅悟道的根本原因则是仕途险恶，怀才不遇。

也许这就是男人和女人的不同。面对致命的爱情，男人为了保全自己可以选择放弃。而女人呢，明知前面是火海深渊，却还要欣然迎往，女人，就是这样不知深浅、无惧水火的感性动物。

鱼幼薇便是其中的一个。当她写下这首隽永的《早秋》时，也许并没有意识到，爱的萧瑟秋风已渐渐逼近。

之十三　忆君心似西江水

江陵愁望寄子安

枫叶千枝复万枝，江桥掩映暮帆迟。
忆君心似西江水，日夜东流无歇时。

1. 传世之作

这首相思七绝，非常有名。《唐人选唐诗·才调集》收入了这首诗。今人刘永济《唐人绝句精华》、上海辞书出版社《唐诗鉴赏辞典》等，也都收有这一传世之作。那么这首诗，究竟好在哪里呢？

枫叶千枝复万枝，江桥掩映暮帆迟。

千树万树的红色枫叶，掩映着江水以及水上的桥，船帆在暮色中姗姗来迟。这是一幅气韵流动的画面，飘散着一种暮色般的茫然、惆怅与失意。

忆君心似西江水，日夜东流无歇时。

在这苍凉时刻，鱼幼薇的思念如西江之水，滔滔不绝，永无停歇。

2. 谁是谁非

这个痴情的女子念念不忘给了她短暂幸福，同时又给了她无尽痛苦的李亿。

想当初，她出身寒微，“色既倾国，思乃入神”，为时人所称道。而恰好，大中十二年（858年）新考中状元的山西才子李亿春风得意，诗酒风流，二人琴瑟和谐，比起唐人传奇中霍小玉和李益“婉娈相得，如翡翠之在云路也”的柔情蜜意，并不逊色。性情相投的两个人在林亭的小楼里，读书吟诗，对酒望月，形影相随，好不快乐。但正像许多爱情故事的悲剧结局一样，在真实的现实生活中，鱼幼薇不得不面对被李亿抛弃的巨大打击。

李亿何以拒绝才色超美的佳人呢？据说，最主要的原因是原配老婆裴氏妒性太大，始终不能接受李亿娶鱼幼薇的现实。其实，把责任统统推到老婆身上也不公平。俗话说，知妻莫如夫，既然知道老婆的脾气，你李亿干吗还招惹人家鱼幼薇呢？既然知道两个人无法长久，干吗还拉拉扯扯、黏黏糊糊、拖着人家，让鱼姑娘心存幻想，一直抱着热罐子呢？在李、裴、鱼的三角关系里，在两个女人与一个男人的故事里，几乎没有悬念的结尾是：一个女人消失，另一个女人得以霸占一个心不在焉的男人，或者相看两不厌，或者骂骂咧咧，慢慢打发着时光。

话说李太太性情强悍，本是官二代，娘家有权有势，自小在那种环境长大，很是懂得进退的尺度。她撒完泼之后，便从感性回归理性。当着李亿的面，把厉害关系一一摆明，苦口婆心，软硬兼施，最后将一道选择题摆在了李亿面前：是要妾还是要前程？裴氏点了李亿的死穴，还拿出了法律规定来维护自身权益。大唐乃法治社会，《唐律》对妻、妾、婢三层等级关系有着鸿沟般的区分：“妻者，齐也，秦晋为匹。妾通卖买，等数相悬。婢乃贱流，本非俦类。”“奴婢……并同畜产。”“奴婢贱隶。”

《唐律》并且严格禁止婚姻中妻、妾、婢三者关系的混乱和僭越："诸以妻为妾，以婢为妻者，徒二年。以妾及客女为妻，以婢为妾者，徒一年半。"也就是说，裴氏为了维护自己的合法权利，随时可以向官府揭发李亿，追究其刑事责任。话都说到这个份儿上，李亿也不至于糊涂到不识时务。想明白了这点儿，李亿顿时轻松了，解脱了。于是，鱼妹妹这样一位才女，就任她去吧。

3. 不一样的相思

而在多年前，一个远比李亿优秀许多倍的青年才俊，一个潇洒超逸的诗人——王维也曾写过一首脍炙人口的《相思》。

红豆生南国，春来发几枝？
愿君多采撷，此物最相思。

摩诘的这首相思绝句，感情真挚，语言明朗自然，不用雕饰，散发着淳朴深厚之美，可与李白、王昌龄比美，名副其实地代表了盛唐绝句的最高成就。而与鱼幼薇相比呢，摩诘的相思里绝然没有黯然的惆怅，只有超然的释怀，他的思念也不是迷茫不安的，他有一种智慧的彻悟和明了的理性。这样的境界，岂是鱼幼薇这样一个信仰爱情的激情女子所能达到的！

之十四　烟里歌声隐隐

隔汉江寄子安

江南江北愁望，相思相忆空吟。
鸳鸯暖卧沙浦，瀏鶒闲飞橘林。
烟里歌声隐隐，渡头月色沉沉。
含情咫尺千里，况听家家远砧。

最痴情的才女

抛开了薛涛看不见的“情敌”刘采春其诗没有流传下来，个人资料不详之外，在唐代四大才女兼美女中，如果说用情之深，用情之痴，用情之真，鱼幼薇当推第一。为什么这么说呢？从流存传世的诗作而言，单是鱼幼薇明确写给李亿的诗句至少有十首左右。从内容而言，与李亿相关的诗句就更多了。从情调而言呢，相思、热恋、惆怅、怀念、期待、幽怨、留恋、甜蜜、欢欣，情感的丰富与跌宕，几乎让我们看到了两人恋情的发展轨迹。甚至，明明知道李亿不会回头，死心塌地的鱼幼薇仍然痴心地期待，企求奇迹出现。这首六言古诗《隔汉江寄子安》就是明证。

江南江北愁望，相思相忆空吟。
鸳鸯暖卧沙浦，鸂鶒闲飞橘林。

鱼幼薇的相思很顽固，很执着，即使隔着滔滔汉江，也阻隔不了对李亿的思念。

这首六言古诗共八句，每句之间形成了排比关系，而前三联又是对偶关系，典雅精工。排比与对偶的交错运用，语势顺畅，对比鲜明，活泼灵动。

前三联诗句中，“江南江北”对“相思相忆”，以“愁望”对“空吟”；“鸳鸯暖卧”对“瀔鹕闲飞”，以“沙浦”对“橘林”；以“烟里歌声”对“渡头月色”，以“隐隐”对“沉沉”。淋漓尽致地抒发了鱼幼薇与李亿隔江相望的愁苦、惆怅之情。

而首联中，“江南江北”“相思相忆”则使用了复辞，就是所谓“交错之体”，即为重出。重出者，是在一句或一首诗中，一字或数字再现。刘勰《文心雕龙》云：“重出者，同字相犯者也。诗骚适会，而近世忌同，若两字俱要，则宁在相犯。故善为文者，富于万篇，贫于一字。”

一般诗文家皆避重出，但鱼幼薇似乎并不拘泥于此。首联连用了两个“江”字、两个“相”字，表达了隔江相望的思念之情。使诗句在缠绵重复中呈现了流转如珠的音律美。

烟里歌声隐隐，渡头月色沉沉。
含情咫尺千里，况听家家远砧。

颈联、尾联则运用了叠字的修辞手法。“隐隐”“沉沉”“家家”，叠字的大量运用，能使语言更加生动、形象，增强艺术表现力；能使韵律铿锵悦耳，富有音乐美；叠字还能使强化语意，起到强调的作用，更具感染力。

整体而言，此诗气势磅礴，挥洒自如。基本句式虽没有跳出传统六言诗的“二二二”旧例，但由于多种辞格的巧妙运用，节奏流畅轻盈并无单调古板之感，鱼幼薇确有其高明之处。明人钟惺在《名媛诗归》中对此诗有这般批语：“六言诗了无牵合，不作两半句读，则亦彼法中高手。然毕竟有才情人无所不可，玄机盖才媛中之诗圣也。”

之十五　窗下断肠人

寄国香

旦夕醉吟身，相思又此春。
雨中寄书使，窗下断肠人。
山卷珠帘看，愁随芳草新。
别来清宴上，几度落梁尘。

这是鱼幼薇写给女性朋友国香的一首五言律诗。诗中五味俱全，诉说了自己凄凉的心境。

1. 同心之言

《易·系辞》云，二人同心，其利断金；同心之言，其香如兰。古往今来，友谊是一盏驱逐黑暗的明灯。我能想象到，在鱼幼薇相思成疾、在等待无望、在爱情破灭、在婚姻落空的忧伤时刻，国香温和的友情，是一种精神寄托，给了她理解与安慰。

旦夕醉吟身，相思又此春。

国香是谁呢？是从小一起长大的发小，还是旅途认识的知己呢？这些已无从考证，唯一确定的是国香与鱼幼薇是一对可以互相倾诉的闺密。在这样一个闺密面前，鱼幼薇可以敞开心扉，说说心里话。

首联的意思是，鱼幼薇整日借酒消愁吟诗度日，思念中不知不觉又到了春天。

雨中寄书使，窗下断肠人。

颔联使用了列锦的辞格。什么是列锦呢？

列锦是中国古典诗歌中特殊的修辞方式。这个名称是当代修辞学家谭永祥提出来的，他的解释是：把具有关键性的名词或以名词为中心的定名词组，组合成一种多列项的特殊的非主谓句，用来写景抒情，叙事述怀，这种修辞手法便是“列锦”。

“雨中寄书使，窗下断肠人”全部用名词短语构成，没有连词，也没有副词，但它花开两朵，各表一枝，形成鲜明而生动的对照。与司空曙的“雨中黄叶树，灯下白头人”；马致远《天净沙·秋思》中的“枯藤老树昏鸦，小桥流水人家，古道西风瘦马”有异曲同工之妙。

在鱼幼薇的其他诗作中也有列锦的痕迹。比如《早秋》中“思妇机中锦，征人塞外天”，《寄刘尚书》中的“汾川三月雨，晋水百花春”等。

山卷珠帘看，愁随芳草新。

进一步对国香倾诉自己心不在焉的生活情境：卷起珠帘看山以排遣愁闷，愁闷随着芳草不断地与日俱增。

颈联生动地勾画出一幅少妇独守空房的寂寞画面。尤其是“卷珠帘”这一动作，让锁在深闺的鱼幼薇——她的忧愁、期待与空虚一览无余。

别来清宴上，几度落梁尘。

尾联回归到国香。分别以来的清雅宴会上，你的歌声又几次震落了房梁上的尘埃？落梁尘，这一典故出自《太平御览》中的“虞公善歌，发声动梁尘”。从这一尾联，可以看出国香性情活泼，能言善歌。与多才多艺的鱼幼薇有着很多相似点。

2. 她们之间

“相知在急难，独处亦何益。”这是大诗人李太白对友情的描述。正是在情感困顿的时候，鱼幼薇给好友国香写下了这首诗，一吐心中郁闷。

在一千多年前的大唐王朝，虽然女子的地位有了空前的提高，但毕竟是王权社会男人的天下，三从四德仍是女子的规范。这种历史的局限性决定了苦闷的鱼幼薇只能以诗歌的方式，向国香婉转地表达自己的愁怨。

莎士比亚说友谊多半是假的，而爱情多半是蠢的，尤其是女人，尤其是爱情当中的女人，尤其在爱情当中的美丽女人——基本上，她们的友谊有点难。还有人说，女人之间根本没有真正的友情。尤其是才女、美女之间，很难成为真正的朋友。

之十六　一双笑靥才回面

浣纱庙

吴越相谋计策多，浣纱神女已相和。
一双笑靥才回面，十万精兵尽倒戈。
范蠡功成身隐遁，伍胥谏死国消磨。
只今诸暨长江畔，空有青山号苎萝。

这是鱼幼薇歌咏西施庙的史诗。鱼幼薇在此七律中，肯定了美女西施的爱国行为，称颂了女性在国家兴亡中不可忽视的作用。

1. 浣纱庙

浣纱庙，即西施庙。浣就是“洗”的意思，在古代还与日期有关系。唐朝时，国家规定政府官员每月必须洗三次澡，每次洗澡称为一浣，一月有上浣、中浣、下浣，后来这一说被借作上旬、中旬、下旬别称。“纱”就是苎麻，本地人称为“苎萝”，为荨麻科植物，多年生草本，茎皮可用来织布、结网。

西施，春秋时代越国苎萝人。传说她少时常在若耶溪边浣纱。后来因美丽异常，在国难当头之际，以身许国与美女郑旦一起由越王勾践献给吴王夫差，使其终日沉湎美色，贻误国事，后来越国乘机灭吴。立了大功的绝代美人被后人当作了神立庙祭祀。

吴越相谋计策多，浣纱神女已相和。

一双笑靥才回面，十万精兵尽倒戈。

首联强调了西施在吴越争战中发挥的作用。

颔联则突出了绝代美女西施的无边魔力。所谓回眸一笑百媚生。越国十万大军立马掉转刀口，扔下利剑，走向了和平。这是糖衣炮弹的巨大威力。鱼幼薇把想象的情景写得状如史实。“一双”对“十万”，“笑靥”对“精兵”，“回面”对“倒戈”，对比强烈，生动如画。

2. 美人计

关于中国古代四大美女的美貌，曾有一个经典的比喻：闭月羞花，沉鱼落雁。闭月指的是三国时的貂蝉，羞花指的是大唐的杨玉环，落雁是西汉的王昭君，沉鱼形容的就是西施的美貌。传说西施姑娘在溪边浣纱，美丽的身影倒映水中，水中的鱼儿都被其美貌折服，自惭形秽，纷纷沉入水底，不敢浮出水面。

可以想象，当好色成性的吴王夫差见到了这位眉黛含春、梨花带雨、比桃花还要鲜美剔透的西施时，他老人家的眼珠子都忙不过来了，整个人酥在那里，一代枭雄从此完结。一句话，西施来了，夫差挂了。

范蠡功成身隐遁，伍胥谏死国消磨。

颈联对仗工整。提到了两个重要历史人物：范蠡、伍子胥。范蠡为越国大夫，辅佐越王勾践，卧薪尝胆，终于灭吴雪耻。此人计谋超群，认定上级勾践乃只可共苦不可同甘之人。便在功成之后，一叶扁舟，隐退江湖。他隐姓埋名到了齐国的定陶，改行经商，同样大获成功，成了富甲一方的陶朱公。伍子胥可就没这么幸运了。作为一代忠臣，他的使命就是上谏，时时提醒吴王“生于忧患，死于安乐”，万万不可酒色误国。这样一位神色忧虑的发言人，天天在耳边杞人忧天地劝谏，直说得夫差彻底失去了耐性。直到有一天，有人设了套，伍子胥中计，夫差借机逼其自杀。死前，他愤愤不平地说：“挖下我的眼睛，放在城楼东门上，让我眼睁睁看着越国灭吴！”夫差听了彻底翻了脸，索性把伍子胥的尸体装进了袋子，扔到了江里。夫差的耳根从此清净，再也没有伍子胥絮絮叨叨的背景声了。

不久，吴国沦陷了，夫差眼睁睁地看着伍子胥的下场在自己身上重演。被逼自杀的夫差最终死于越国的“美人计”“离间计”。

只今诸暨长江畔，空有青山号苎萝。

尾联感叹历史如过往云烟，不留痕迹。只不过到今天，长江边诸暨县连个西施的影子都看不见，只剩下苎萝青山。所谓美人已去青山空。

3. 刎别

二百多年后，历史上出现了一对英雄美人，留下了霸王别姬的故事。公元前 202 年，西楚霸王项羽陷入刘邦的十面埋伏。项羽和虞姬的爱情终结在垓下的四面楚歌中，当时项羽怆然泪下——

力拔山兮气盖世，时不利兮骓不逝。

骓不逝兮可奈何，虞兮虞兮奈若何！

英雄末路，这是项羽的绝命唱辞。忠实追随的爱妻虞姬也和过一首诗——

汉兵已略地，四面楚歌声。

大王意气尽，贱妾何聊生。

虞姬在军帐里最后一次为项羽歌舞减压，她的歌婉转悲凉，她的舞深情凄美，最后不忍连累项羽，自刎而去。女人就是这样，为了成全心爱的男人，甚至不惜一死。

从来美女爱英雄。据说，美女西施的心上人是范蠡范大夫。可惜自古忠爱不能两全，面对家国，面对自己的爱人，西施没有别的选择。因为，让她执行这一光荣而艰巨的历史任务的正是她的心上人范大夫。西施究竟是为了国家民族利益，还是只为了成全爱人的宏愿而舍生取义，今天已无从考证。事实是，西施姑娘忍辱负重，慷慨赴吴，把吴王迷得众叛亲离，朝政昏暗，顺利掩护勾践东山再起，出色完成了上级、知心爱人范蠡精心筹划的秘密任务。

4. 红颜薄命

说来也巧，四大美女中，除了艳若牡丹的杨玉环一心给皇上当专职太太之外，其他三个美女的身份都是卧底，都是肩负神圣使命的谍中谍，都是安插在敌方、身在曹营心在汉的糖衣炮弹，都是将美色奉献给了祖国大业的一代功臣。想当年，昭君出塞和亲之后，汉朝与匈奴和好，边塞烽烟熄灭了 50 年，增强了民族大团结。而国色天香的歌女貂蝉，则借花容月貌，让弄权作威的董卓、勇而无谋的吕布反目成仇，使动乱不堪的东汉朝野稍有安宁之象。

这与祸国的妲己，“烽火戏诸侯”里的褒姒，淫乱后宫的赵氏姐妹等人，形成了鲜明的对照。她们的倾城绝色和她们特殊的历史作用，足以让她们流芳百世。也许，这就是她们毫无争议地入选四大美女的主要原因吧。

她们，是“红颜祸水”论最有力的反证。

但是最后，这些红颜都到哪里去了呢？

历史的回答是，不知所终，芳踪难觅。只道红颜薄命，如同腐草，即填沟壑。

这倒是符合卧底的特点，来去匆匆，不着痕迹。

那么，聪慧绝色的鱼幼薇呢？当她遥想早已零落成灰的西施时，是兔死狐悲，顾影自怜呢？还是怀才不遇，自伤身世呢？历史没有给鱼幼薇一个舍身救国名垂青史的机会，而她只要李亿和她的爱情。

但这个再普通不过的心愿却离她越来越远，最终成了一团泡影。没有了爱，就没有了梦，希望破灭的鱼幼薇走向了毁灭。

之十七　瑶琴寄恨生

寄飞卿

阶砌乱蛩鸣，庭柯烟露清。
月中邻乐响，楼上远山明。
珍簟凉风着，瑶琴寄恨生。
嵇君懒书札，底物慰秋情？

1. 精神导师

这首五言律诗是鱼幼薇写给精神导师温庭筠的，飞卿，是温老师的字。在世间的诸多情感中，亲情和友情是最温和而持久的。不像爱情，来得快去得也快；来时轰轰烈烈，去时肝肠寸断，烟消云散。而鱼幼薇与温老师的情感，就是在师生情里点缀了友情，在友情里呢又点缀了一点点的爱。就像奶油蛋糕上的一颗樱桃，好看，却不能当饭吃。

阶砌乱蛩鸣，庭柯烟露清。

台阶下蟋蟀乱鸣，庭树间烟薄露清。蛩，qióng，平声字。为了合律，将“蛩乱”倒为“乱蛩”。庭柯，庭院中的树枝。首联以清秀简洁的笔触，描画出了一幅寂静清疏的秋夜图。如中国的水墨画，轻描淡写，不着一点色彩，却能感受到自然气息的流动。

清静的秋夜，促织的鸣叫，萧瑟的风声，最容易让人思前想后，旧梦重温。而温老师呢，就是旧梦里的一个人物，一段章节。

鱼幼薇是温老师看着长大的，当初第一次见到温老师时，鱼幼薇还是一个尚未及笄的小小少女。温老师却已是名满天下的大诗人，而且出身高门，祖父曾是一代名相。这样一个成熟的男人对自己嘘寒问暖，鱼幼薇很容易看到父亲的影子。偶像情结、恋父情结统统纠结在一起，对于才情非凡的温老师，鱼幼薇是怀着怎样的情感，恐怕连她自己都很难说清。

月中邻乐响，楼上远山明。

颔联“月中”对“楼上”，“邻乐响”对“远山明”。隔壁的乐声、楼上的远山，营造出有声有色，动静交错，淡然悠远的意境。

此时此刻，仕途多舛的温老师也沉浸在月色中吗？温老师的祖父温彦博在唐初曾做宰相，他出身富贵人家，过的却是浪子生活，赌博酣饮，沉迷酒色。温老师自恃才学，轻薄放肆，屡试不第，怨恨宰相令狐绹，“中书堂内坐将军”，讥讽宰相无学。和当时许多诗人一样，负有盛名的温老师未被社会惠爱，他一面在青楼过着放荡生活，一面热衷于吟诗作赋，写下了“鸡声茅店月，人迹板桥霜”之类的佳句。

珍簟凉风着，瑶琴寄恨生。

颈联工整精巧，在经过前两联情境的铺垫之后，转入内心情绪的倾诉与抒发。珍贵的竹席被凉风附着，精美的弦琴弹出了遗憾的音韵。言下之意，曾经深厚的师生情在岁月的沧桑变化中，渐渐淡去。

2. 比老师非彼老师

鱼幼薇若明若暗的少女情怀，诗坛上与李商隐、杜牧齐名的温老师心知肚明，倘若他报以柔情万种的诗句，鱼幼薇也许就成了温夫人，但他思前想后，仍抱定以前的原则，始终没有跨出那一步。按理说，这种才子佳人老少配的组合，在历史上并不少见。比如，才高八八六十四斗的苏东坡，原配王弗去后，他就先是娶了比他小十一岁的小姨子王闰之，后来又迎娶了他的侍妾——比自己小二十六岁的王朝云。和苏东坡一起生活了 25 年的王闰之，聪慧宽容，温柔无比。而朝云呢，则美丽多情，善解人意，陪伴丈夫度过了他人生中最黑暗的日子。

在二十世纪的中国文坛上，也有一段著名的师生恋。那就是湘西才子沈从文和江南名门闺秀张兆和之间的爱情故事。为了追求这个比自己小八岁的小女生，文学天才沈老师可谓吃尽了苦头，生性木讷的他天天疯狂地给自己的小女生写情书，用尽了心思。意乱情迷的沈老师曾说过这样一段话，此话能一网打尽天下所有女人心——“我走过许多地方的路，行过许多地方的桥，看过许多次数的云，喝过许多种类的酒，却只爱过一个正当年华的人。”痴情的沈老师最终打动了小女生的芳心，抱得佳人归的沈老师从此便以甜蜜的“三三”来称呼心爱的小女生。

可惜温老师不是细腻多情的沈老师。他才情非凡，面貌却奇丑，时人因称之“温钟馗”。温老师虽然对鱼幼薇怜爱有加，但一直把感情理智地控制在师生或朋友的界限内。在《全唐诗》里，温老师就有 307 首诗之多，却没有一首是写给鱼幼薇的；而鱼幼薇却有两首充满情感地写给老师的诗。温老师可以有心悼亡朋友的歌姬，也可以歌咏艳词给一夜情的陌生女子，但却没有给自己的小女生写下只言片语。比鱼幼薇大三十多岁的温老师，为什么对自己美貌的才女学生始终保持着若即若离的距离呢？有人说，是温老师相貌丑陋，自惭形秽，不忍亵渎这个面若桃花、怀揣梦想，一口一个老师喊着的小姑娘。这个说法也许有理。的确，身为世家、诗人、词人、文学家、音乐家，温老师实在有着太多风花雪月的机会，也许在他的心里，不忍破坏纯洁的师生之情，希望自己在花天酒地、醉生梦死之后，内心尚存一席纯洁之地。所以，他才牵线搭桥，好意成全鱼幼薇与山西同乡李亿的美事。孰料红颜命苦，才华无双的鱼幼薇姑娘连屈尊下嫁为李家的小妾都不成，整日里以泪洗面，柔肠寸断，好不伤心。

稽君懒书札，底物慰秋情？

稽康先生竟懒得寄给我只言片语，拿什么来安慰学生的秋日幽情。尾联中，借稽君指代温庭筠温老师。魏晋时代的稽康，乃大名鼎鼎的“竹林七贤”之一，旷逸风流，醉酒佯狂，与温老师有得一拼。

可以想象，当爱才心切的温老师辗转得知，自己寄予厚望的爱徒婚姻离散的消息后，一定叹息良久，愧疚、惋惜、担忧、牵挂，说不出的复杂。就像是自己已嫁出去的女儿，又被婆家给休了回来，不免有失脸面。但是四处漂泊的温老师仕途不顺，客游他乡，自顾不暇，又能有多少心情来宽慰鱼幼薇呢？

在遥远的大唐，一个孤苦无依的绝色女子，一个被离弃的青春才女，到头来青灯一盏，独守长夜。困顿潦倒至此，真是命运不济。好在，还有诗歌陪伴，还能在诗句中放逐自己的情天恨海。

当时光流转到一千多年后，另一个大才女张爱玲出现了，在大上海的苍茫暮色中幽幽地感叹说——

女人……女人一辈子讲的是男人，念的是男人，怨的是男人，永远永远。

或许，这才是女人真正的悲哀。

之十八　梦为蝴蝶也寻花

江行二首

大江横抱武昌斜，鹦鹉洲前户万家。
画舸春眠朝未足，梦为蝴蝶也寻花。

烟花已入鸬鹚港，画舸犹沿鹦鹉洲。
醉卧醒吟都不觉，今朝惊在汉江头。

1. 梦为蝴蝶也寻花

有人考证说，鱼幼薇的《江行》是中国诗坛上首次出现的、写自己乘船环游江中鹦鹉洲玩赏春景的佳作，诗笔酣畅淋漓，用典了无痕迹。

大江横抱武昌斜，鹦鹉洲前户万家。

地势倾斜的武昌城被江水横穿而过，鹦鹉洲前有千家万户。

画舸春眠朝未足，梦为蝴蝶也寻花。

在游船里春困迷蒙，天亮了还没睡够。即使梦中变成了蝴蝶，也还四处寻采春花。

“寻花”一句，非议颇多。关于“寻花”，很多诗人也曾涉猎。杜甫《严中丞枉驾见过》“元戎小队出郊坰，问柳寻花到野亭”。陆游《初春出游戏作》“绿窗百舌唤春眠，问柳寻花意已便”。杜甫、陆游诗中的“问柳寻花”指的是玩赏春色，与鱼幼薇诗句中的寻花意思相同。

对于“梦为蝴蝶也寻花”，不少人认为诗句显示了女诗人的“狭邪风”。而清人黄周星在《唐诗快》中干脆作此批语：“岂非妖冶之尤！”

烟花已入鸬鹚港，画舸犹沿鹦鹉洲。

烟雾缭绕的花树已延伸到了鸬鹚港，精美的游船还在沿着鹦鹉洲穿行。

鸬鹚，一种水鸟，能游泳，善捕鱼，我国南方多饲养来帮助捕鱼，又称鱼鹰。

醉卧醒吟都不觉，今朝惊在汉江头。

醉了睡了醒了全然不觉，今天一早才吃了一惊，原来船不知不觉中已到汉江口。

公平地说，鱼幼薇的《江行》在她的诗作中并不算上乘。才色平平，只有一句“梦为蝴蝶也寻花”引得诸多好事之人不怀好意、一厢情愿地臆想与揣测。

2. 各有其美

对于与鱼幼薇齐名的李治、薛涛，明朝人胡震亨在《唐音癸签》中评论说——

李治、鱼玄机、薛涛，女德正同。李“远水浮仙棹，寒星伴使车”，及听琴一歌，并大历正音。薛工绝句，无雌声，自寿者相。鱼最淫荡，诗体亦靡弱。其集附见有威、光、袁三絜句，尤姱丽胜鱼，惜姓里不著。

胡震亨先生的意思很明白，李冶的诗豪放大气，薛涛绝句工整，毫无脂粉气，而鱼玄机诗体靡弱。在这里，靡是“美”的含义。如陆机《文赋》云：“言徒靡而弗华。”靡弱的意思是，美好柔弱。胡先生对鱼玄机的评点，不敢苟同。谈到李冶的诗句和经历倒是有必要细说一番。

众所周知，在中国历史上的每一个时代都各具特色。若论优雅精致，非宋代莫属；若论奔放浪漫呢，则大唐莫属。在这个最具诗意的时代，仅《全唐诗》中就流传下来至少一万多名诗人的诗句。加上散佚、没有流传下来的，可以不夸张地说，这个时代沉醉歌咏的诗人多得不计其数。其中，风姿卓绝的女冠们就是一道不可忽略的美景。在大唐，写有《爱莲说》的刘禹锡素有“诗豪之称”，而大大咧咧、美艳风流的江南女子李冶（字季兰）则被称为“女中诗豪”。同时代的高仲武为她诗选前的小序说：“士有百行，女唯四德。季兰则不然也，形气既雄，诗意亦荡，自鲍照以下，罕有其伦。”

3. 季兰无行

显然，女人“四行”，季兰“一行”都不行。但就是这个“无行”的女子，却在历史上、在诗坛上留下了自己的名字。却说一天小女冠季兰到剡溪荡舟，与隐居在此的名士朱放不期相遇，一见如故，从此开始了一段美好的恋情。可是，不久朱放赶赴江西任官，两个有情人只好挥泪而别。一首关于离别的《明月夜留别》就此诞生——

离人无语夜无声，明月有光人有情。
别后相思人似月，云间水上到层城。

就在李季兰日思夜想，难舍旧情之时，又有一个才华横溢的男子拜访了她，这人就是著名的“茶圣”“茶仙”陆羽。此人相貌丑陋，但才华却是古今少有。他是诗人、书法家、史学家，48岁时完成了历史上第一部《茶经》。陆羽的到来恰好弥补了李季兰的失落情绪，二人经常煮雪烹茶，对坐清谈。在李季兰重病之时，有情有义的陆羽一直在她身边悉心照料，令李治欢喜而又感动，后赠诗一首以表情意。

陆羽还有个好朋友——著名诗僧皎然，他们三人经常在一起谈论诗词，志趣相投。多情的李治也曾钟情于皎然，她去访皎然，和他开荤玩笑，但皎然心如止水不为所动，还把这事写在一首诗里：

天女来相试，将花欲染衣。
禅心竟不起，还捧旧花归。

面对“诗名独重于诸君子”的皎然，荒艳风流的李治最终叹道：“禅心已如沾泥絮，不随东风任意飞。”两人情事，不烦深辨。李治与“茶圣”陆羽的感情呢，未曾间断，但二人碍于身份，不能婚嫁，只能互为人生知己。

如果单从人生的快意与享乐而言，鱼幼薇蕙兰着实不如前辈李季兰过得自在逍遥。为什么呢？李治除了被父亲斥责“恐失妇行”外，从小便被送入道观，生活规律，日子清静，没遭过什么罪，没吃过什么苦，尤其没受过情感的刺激。心态没有那么多的扭曲和变形，她是真真切切地快活着，活在当下；她的人生、爱情因为没有那么多的期待，反而更轻松自在。所以，从精神、心灵层面而言，李治一直稳定而健康。她神情萧散，专心翰墨，善弹琴，后来又交游天下名士，嬉笑谑浪，声名远扬。甚至连庙堂之上奉天承运的皇帝陛下也知道了江湖之中的另类美女李季兰。

而鱼幼薇呢，就大不一样了。她是在寄予厚望的父亲栽培下成长，父亲死后，与寡母相依为命，小姑娘一直以乖乖才女的形象出现。直至第一次见到温老师，师生二人都吃惊不小。温老师吃惊的是传说中的小才女这么娇艳如花，让小才女吃惊的是传说中的大才子竟长得这么寒碜。在温老师的撮合下，充满了幻想的浪漫少女后来与山西状元郎李亿一见钟情，屈尊被纳为妾。可甜蜜的日子没过多久，便被遗弃。蕙兰此后便成了女冠，在无望的相思中饱受煎熬与刺激。情感的极度扭曲与心灵的备受打击，使得情感专一、渴望“长相守”的乖乖女基因突变。没有变成灭绝师太的鱼炼师，却彻底放下了三从四德，就此开始了花枝招展的放纵生活，但不幸的是她一直无法忘记李亿，忘不掉这个给了她无尽伤害的薄情男人。所以，即使在春宵一刻她也没有真正地乐过。绝望之后的鱼玄机在假装快乐中虚度青春，在纵情声色中等待最后的毁灭。

此时此刻，如果鱼幼薇就站在面前，我一定会问：一定要这样吗？

这样值得吗？

九死不悔的鱼幼薇也许永远只有一个答案：你问我值不值得，其实你应该知道，爱就是不问值不值得。

之十九　盛衰空见本来心

冬夜寄温飞卿

苦思搜诗灯下吟，不眠长夜怕寒衾。
满庭木叶愁风起，透幌纱窗惜月沉。
疏散未闲终遂愿，盛衰空见本来心。
幽栖莫定梧桐处，暮雀啾啾空绕林。

1. 不眠长夜

这是鱼幼薇姑娘给温老师的第二首诗，诗中坦诚地向温老师叙述了自己与李亿婚姻的破灭以及自己的去留。言语中，处处见孤寂，时时有无奈。

苦思搜诗灯下吟，不眠长夜怕寒衾。
满庭木叶愁风起，透幌纱窗惜月沉。

首联：冥思苦想灯下吟诗，长夜不眠，床被冰凉。“灯下吟”与“怕寒衾”透出了形单影只的孤独气息。衾，被子。

颔联：庭院里落叶纷纷，晚来风吹，萧瑟作响，透过纱帘窗户，月亮渐渐西沉。“愁风起”与“惜月沉”传递出了忧伤惆怅的情愫。

说起来，人到中年的温老师是鱼幼薇姑娘平生第一个蓝颜知己。只是，当年的第一次相见，小的太小，老的太老，三十多岁的年龄差距以及容貌的巨大悬殊，让这对师生之间的情谊不温不火地维持在礼仪之规内。鱼幼薇也许不知，男人彻底懂得一个女人之后，是不会爱她的。

疏散未闲终遂愿，盛衰空见本来心。

幽栖莫定梧桐处，暮雀啾啾空绕林。

颈联向老师一吐心中块垒。婚姻离散之事未曾坚守到底，终于让对方遂了心愿；感情的亲疏远近，完全表现出他只爱美色的本来面目。还是两千多年前的孔老夫子有先见之明，他老人家早就说了，“吾未见好德如好色者也”，真真是放之四海而皆准的不变真理。

尾联表白自己的去处。隐居之地目前还没有选定，那些鸟雀枉然绕着梧桐树林上下飞鸣。“暮雀啾啾空绕林”，意思是有许多向她求婚的男子，但她并不以为然。尾联究竟传递了什么信息呢？明代钟惺在《名媛诗归》中说：“如此反非怨恨之情矣，幽意自闲，深情既冷，可使欢怨两忘。”如此议论，钟老实在不懂一个女子绝望至极的凄凉心境。这也难怪，世间真正懂得鱼幼薇的又有几人呢？

连有知遇之恩的温老师，始终没给学生一个正面的回音，倒是在《全唐诗》里却找到了他写给李亿的一首诗——

送李亿东归

黄山远隔秦树，紫禁斜通渭城。

别路青青柳弱，前溪漠漠苔生。

和风澹荡归客，落月殷勤早莺。

灞上金樽未饮，宴歌已有余声。

其实，温老师和李亿说起来都是山西人，都在大中十二年（858 年）同举进士。这一年，与温庭筠有“温李”之称的晚唐大诗人、46 岁的李商隐李义山在朋党倾轧中抑郁穷困地死去了。他的才学和遭遇，使他的诗表现出独特的风格。与纤丽藻饰的温诗不同，李诗精美，感情深厚，却讳莫如深，晦涩难懂，意思若隐若现。比如，他最著名的《锦瑟》——

锦瑟无端五十弦，一弦一柱思华年。
庄生晓梦迷蝴蝶，望帝春心托杜鹃。
沧海月明珠有泪，蓝田日暖玉生烟。
此情可待成追忆，只是当时已惘然。

意向朦胧，情感深沉这是李商隐一贯的诗风。与阮籍的《咏怀》“夜中不能寐，起坐弹鸣琴。薄帷鉴明月，清风吹我襟。孤鸿号外野，翔鸟鸣北林。徘徊将何见，忧思独伤心。”同样是心情危苦，言语委曲，可谓“言在耳目之内，情寄八荒之表”，达到微而显的最高境界。因此，诗话家说“李商隐七绝，寄托深而措辞婉，可空百代，无其匹也”。

2. 月照高楼

一般总以为诗至晚唐，已入衰境，只剩下残花败叶，不再有以前的胜景。其实晚唐时期几个主要诗人，比如，与温庭筠齐名的李商隐、杜牧非但不差，而且成就还高出中唐诗人。温老师有一首《赠少年》，以峻拔爽朗的面目独标一格，令人耳目一新——

赠少年

江海相逢客恨多，秋风叶下洞庭波。

酒酣夜别淮阴市，月照高楼一曲歌。

诗中“月照高楼”，不同于“月上柳梢”的缠绵，也有别于“晓风残月”的悲凉，字里行间透露出一种豪情与豪气，突出了慷慨高歌的明朗背景。这正是诗人壮志情怀的写照。

3. 遥远的距离

温老师什么人呢？他恃才不羁，生活放浪，又好讥刺权贵，因此多犯忌讳。洒脱不羁的温老师可以跟一面之交的少年纵酒放歌，醉后吟诗作别。奇怪的是对于鱼幼薇的再三“抛砖”却不接招“引玉”。温老师的金口难开，缄默不语，令人产生“神女有意，襄王无情”的错觉。其实老师的用意倒是颇费苦心。在温老师心中，并不是鱼幼薇没有魅力，还不够美，只是他不忍让干净、纯洁的师生情落上世俗的尘埃，希望在小女生鱼幼薇心中始终长存有老师那抹高大的身影。因此，他宁愿远远地观望着这朵花，默默地欣赏着她的美好和芬芳。

也许距离真的能产生美。我无法想象鱼幼薇看见潦倒落魄的老师，内心会有怎样的失落。现实中的温老师晚景极其凄凉，他不检形迹，穷困潦倒。与贵胄裴諴、令狐高等蒲饮狎昵，因穷迫乞于扬子夜，夜巡兵责其醉而犯夜，遭其毒打，令人寒心。一代词人、名门之后竟沦落到如此下场，让人不禁为之暗洒清泪。

而温老师不幸中的万幸是先于鱼幼薇而去。那时的鱼幼薇还在规规矩矩独守空房、哭哭啼啼夜不能寐。在温死后的第四年，他唯一的女学生鱼玄机因戕婢而被京兆尹温璋处死。

有道是，短的是生命，长的是磨难。落寞的风流才子，多舛的美貌佳人，这一对历经磨难的师生，人生大戏却都在无限悲凉中落幕。也许，从另一种角度看，倒不失为一种解脱。

第三部分

秋怨惊梦

之二十　莺语惊残梦

暮春有感寄友人

莺语惊残梦，轻妆改泪容。
竹阴初月薄，江静晚烟浓。
湿嘴衔泥燕，香须采蕊蜂。
独怜无限思，吟罢亚枝松。

1. 暮春情愫

明代钟惺在《名媛诗归》中曾评价这首五言律诗：全首稳丽，不须裁赘，即刘文房（刘长卿）、卢允言（卢纶）辈亦为易臻也。

钟惺对鱼诗的评价很高，而实际也如此。

莺语惊残梦，轻妆改泪容。

首联起句不凡，一个“惊”字、一个“改”字便让人眼前一亮，“残梦”“泪容”传递出心绪的忧伤与忧愁。“莺语”与“轻妆”则增添了几分淡雅的诗意。

竹阴初月薄，江静晚烟浓。

颔联意象密集，竹阴、初月、江静、晚烟。这些彼此跳跃的不同意象，借助严整的对偶形式构成了一幅优美的图画，自然流畅。中国古代的诗人常常打破时空的局限，在广阔的背景上自由地抒发自己的感情。

湿嘴衔泥燕，香须采蕊蜂。

颈联对仗巧妙，活泼有趣，“湿嘴”“衔泥”“香须”“采蕊”绘声绘色描画出了燕子、蜜蜂的鲜活形象。构思新巧灵活，透出了一种聪明与灵慧。

独怜无限思，吟罢亚枝松。

尾联感叹自己的惆怅与无望。可怜空有无限情思，在世俗人间没有一个归宿，忧愁多得压弯了苍劲的松枝。总之，这首《暮春有感寄友人》含蓄委婉，精炼工整。如此清丽婉转的笔触，想起了女校书薛涛的诗——

鸟

双栖绿池上，朝去暮飞还。

更忆将雏日，同心莲叶间。

该诗情调婉转旖旎，清新秀美，语浅情深。托鸟言情，描摹了双宿双飞，一同哺育幼鸟的恩爱鸟雀。艳羡之情、暗伤之意，不言而喻。相传薛涛生前曾作诗五百首，但流传下来的仅有八十多首。其中七绝就有七十首，没有一首排律诗。

而鱼玄机流传下来的五十首诗呢，律诗占据了一半以上。其中五律十一首，七律十七首。另外还有七绝十四首，七言排律、五言排律各三首，六言古诗两首，此外，还有五言句四联，七言句一联。体裁类型之丰富，确为少有。

莺啼、莺语、飞鸟、残梦，都是才子佳人表达春怨的典型意象。与薛、鱼二人同朝的诗人金昌绪也有一首《春怨》，脍炙人口——

打起黄莺儿，莫教枝上啼。
啼时惊妾梦，不得到辽西。

2. 同堕红尘

在中国文坛上，鱼幼薇和薛涛是两个并肩齐名的女诗人。她们有着许多惊人的相似。鱼幼薇，是长安人，年幼失怙，温老师第一次相见时就出了个题目，小才女不假思索，答了一首《赋得江边柳》，其中有一句是"根老藏鱼窟，枝低系客舟"。让老师听了眉头一紧。后来美貌的鱼姑娘被李亿遗弃，便出家为女冠，可惜一个天真烂漫、毫无心机的姑娘硬是被扭曲了。后来索性艳帜高举，弄得道观不是道观，女冠不是女冠。到后来，更是嚣张任性得走了样，和婢女绿翘吃起了醋，受了刺激的她在失控的发泄中打死了嘴硬的绿翘。

而薛涛呢，也是长安人，后来流落到蜀地，父亲同样早亡。薛姑娘八九岁就知音律，其父指着井里梧桐咏诗："庭除一古桐，耸干入云中。"薛涛应声道："枝迎南北鸟，叶送往来风。"后来薛涛沦落风尘，冷艳清高的她不得不低吟逢迎。曾经一度深爱过元稹，却被博爱的元才子雪藏了。但薛涛此时已人到中年，睿智成熟，冷静练达，明白爱情这事不是一个人一时头脑发热的事儿。既然缘分已尽，既然回不去了，也不再强求，就在心里留下些许的感伤和回忆吧。《柳絮》一诗，就体现了她屡经历练、一针见血的智慧和悟性——

二月杨花轻复微，春风摇荡惹人衣。
他家本是无情物，一向南飞又北飞。

其实，公平地说，若论才貌，薛鱼不相上下。只不过一个端庄秀丽、一个大胆美艳，一个冷静、一个热情，一个清淡，一个浓烈，就像是《红楼梦》的薛宝钗和尤三姐，各有各的好，各有各的美。

3. 各自谢幕

托翁曾说，幸福的家庭，大致相同，不幸的家庭，各有各的不幸。这话搁到薛鱼二人，就是不幸的她们，各有各的不幸。鱼幼薇的不幸，在于青春懵懂期在老师介绍下遇到了平生第一个相爱的男人，爱是什么，如何爱，未来是什么……这些问题在鱼幼薇的脑海里还都从没闪过。她天真地以为，只要两个人相爱，就不会分开。所以，她不计名分，一头扎进李亿温情的怀抱，以为这就是自己的归宿。当李亿摊牌时，没有任何思想准备的她仍心存幻想，执迷不悟，在寂寞孤独的漫长等待后，内心的积怨终于爆发，于是便有了后来疯狂的种种举动。这是一个变异的过程。我们眼睁睁地看着一个单纯可爱的姑娘心意执着地追寻着爱情，为了一个男人，为了一段无法挽回的情感，一步步地走向毁灭的深渊，这么绝色聪敏的女子实在不该。

但薛涛何以身处红尘，却能平平安安，以古稀之龄终老一生。她有她的道理。想当初，备受剑南节度使韦皋宠爱的薛涛姑娘还不知愁为何物，虽然天地自然的变化有时偶尔撩起她几丝感伤的思绪，但她仍以“但娱春日长，不管秋风草”的态度消遣着诗酒流连的生活。直到有一天，因为与其他官员交往过密而得罪了韦大人，被发配至偏远的松州。对此，史书如下记载——

涛每承连帅宠爱，或相唱和，出入车舆，诗达四方。唐衔命使臣每至蜀，求见涛者甚众。而涛性亦狂逸，遗金帛往往上纳。韦公既知且怒，于是不许从官。涛乃呈十离诗，情致动人，遂复宠召。

看来，薛涛年轻时也有点不知高下，翘了尾巴，但经韦大人给了些番颜色后，薛涛终于明白了自己的身份，懂得了游戏规则。这个冰雪聪明的姑娘自此知道了如何保护自己，如何不受伤害；知道了该干什么，不该干什么。对于无数喜欢她的男人，红尘中的薛涛始终保持着不卑不亢，不冷不热的态度，矜持端庄，反而让男人对她更多了一番敬意。所以，即使遇到了一个喜欢的元稹，即使元稹渐渐疏离了她，也只会让她一时心绪纵横，根本无法从精神上毁灭她。因为，爱情、男人，已不是她的软肋。这一点，若干年前，她就彻底整明白了。

在薛美人心里，自己才是最重要的。

之二十一　风月满庭秋

秋怨

自叹多情是足愁，况当风月满庭秋。
洞房偏与更声近，夜夜灯前欲白头。

1. 悲秋与秋怨

在中国古代，秋天、秋风、秋雨、秋夜是萧瑟、凄凉、愁怨、悲伤的意象。《楚辞》宋玉《九辩》写道：“悲哉秋之为气也，萧瑟兮草木摇落而变衰。”汉代李陵《答苏武书》中说：“闻悲风萧条之声。凉秋九月，塞外草衰。夜不能寐，侧耳远听，胡笳互动，牧马悲鸣，吟啸成群，边声四起。晨坐听之，不觉泪下。嗟乎子卿！陵独何心，能不悲哉！”

三国时魏文帝曹丕在《燕歌行》中最早把悲秋和闺怨结合起来，此后出现了诸如《秋闺怨》等类诗篇。曹丕在诗中写道：“秋风萧瑟天气凉，草木摇落露为霜。群燕辞归雁南翔，念君客游思断肠。”此诗可能是建安十二年（207 年）他跟随父亲曹操北伐乌桓的战争时所作。《燕歌行》是中国诗歌中最早最完整的七言诗，是七言诗之祖，也是叠韵歌行之祖。《燕歌行》句句用韵，一韵到底，且都是平声，笔致委婉，格调清丽，感情缠绵。开创了中国七言诗的流行与兴盛。王夫之对其评道：“倾情倾度，倾色倾声，古今无两……殆天授，非人力。”

鱼幼薇的这首七绝《秋怨》又有怎样一番情致呢？

自叹多情是足愁，况当风月满庭秋。

鱼幼薇自己叹息，多情只能添忧愁，更何况秋风吹起，秋月当头呢？

洞房偏与更声近，夜夜灯前欲白头。

曾经的洞房偏偏紧邻打更的声音，夜深人静，枯坐灯前，真真要愁白了姑娘的头。曾经温馨的“洞房”与寂寞的“更声”形成了反差，在这种孤寂的情境下，使得“夜夜灯前欲白头”的身影更加凄凉无助。

鱼幼薇的《秋怨》可谓哀婉动人，典雅精致。而薛涛也曾写有类似题材的《秋泉》——

冷色初澄一带烟，幽声遥泻十丝弦。
长来枕上牵情思，不使愁人半夜眠。

薛涛借《秋泉》抒愁。诗中“冷色”与“幽声”突出了秋天的声色，“冷”与“幽”也暗合了愁怨的心绪。

“长来枕上牵情思，不使愁人半夜眠。”与鱼幼薇的“洞房偏与更声近，夜夜灯前欲白头。”相比，薛涛的愁怨是一种委婉有致的闲情淡愁，这种淡淡的忧愁并无具体所指。显然没有鱼幼薇那样撕心裂肺、痛及深处的幽怨、孤寂和哀伤。这也与她们现实生活中情感境遇的不同直接相关。

2. 瑶瑟怨

鱼幼薇的老师温庭筠也有一首著名的闺怨七绝《瑶瑟怨》，这是他的代表作——

瑶瑟怨

冰簟银床梦不成，碧天如水夜云轻。
雁声远过潇湘去，十二楼中月自明。

瑶瑟：是对瑟的美称。在古代诗歌中，它常和别离之悲联结在一起。题名“瑶瑟怨”，正暗示所写的是女子别离的悲怨。

这首诗的大意是：睡在凉席的床上难以入眠，夜空如水，晚云轻如薄纱。大雁的啼叫声远过了潇湘，十二楼中的月亮自然光明。冰簟：冰凉的竹席。十二楼：原指神仙的居所，此指女子的住所。

温老师这首闺怨诗里，全诗没有一个“怨”字、没有一个“愁”字、没有一个“思”字，只描绘清秋月夜，凄凉独居、寂寞难眠，以此来表现女子内心的幽怨。蘅塘退士评曰：“通首布景，只‘梦不成’三字露怨意。”

温老师没有直接描写女子的具体心理活动、思想感情，而是通过景物的描写、组合，渲染一种与女子相思别离之怨和谐统一的氛围与情调。冰簟、银床、秋夜、碧空、明月、轻云，以至笼罩在月光下的闺楼，组成了一幅弥漫着清丽、寂寥、哀婉情调的画面，和谐地统一于轻柔朦胧的月色之中，富有声调色彩之美。

显然，与才女们的闺怨相比，这首《瑶瑟怨》更加含蓄巧妙，言语间似有似无，其言外之意，弦外之音，值得玩味。悠远的意境和浓郁的诗意似在才女之上。

之二十二　闲散身无事

遣怀

闲散身无事，观光独自游。
断云江上月，解缆海中舟。
琴弄萧梁寺，诗吟庾亮楼。
丛篁堪作伴，片石好为俦。
燕雀徒为贵，金银志不求。
满杯春酒绿，对月夜窗幽。
绕砌澄清沼，抽簪映细流。
卧床书册遍，半醉起梳头。

夜窗幽

俗话说，诗言志，词咏情。诗词是诗人表达情感，抒怀志节的主要形式。

遣怀，即排遣情怀。鱼幼薇的这首五言排律，情调欢快，似乎已慢慢走出被弃的阴影。与此前哀怨忧伤的诗句有所不同。因此，有人认为，这首排律反映了鱼幼薇此时已经在长安城亲仁坊西南隅的咸宜观出家，并且渐渐习惯了清静悠闲的生活。

闲散身无事，观光独自游。
断云江上月，解缆海中舟。

这两联描绘了鱼幼薇闲散自由的生活。天高云淡的日子，出游的鱼幼薇似乎被眼前的美景吸引了，先前种种的失意、忧伤和不快乐此刻也被暂时遗忘了。

琴弄萧梁寺，诗吟庾亮楼。
丛篁堪作伴，片石好为俦。

勾画了鱼幼薇的闲情逸致，对仗工整，典雅精致。“琴弄”对“诗吟”，“萧梁寺”对“庾亮楼”，“丛篁”对“片石”，“作伴”对“为俦”。“丛篁”，一丛翠竹。“片石”，一方有观赏价值的石头。通常指奇巧玲珑的太湖石。俦，朋友。

燕雀徒为贵，金银志不求。
满杯春酒绿，对月夜窗幽。

表达了鱼幼薇不同凡俗的高雅情致。无论是燕雀宝钗，还是金银美饰，都已淡出了鱼幼薇的视线，这些身外之物她将不再追求。把酒临窗，月夜清幽。“满杯春酒绿，对月夜窗幽。”意境优美而静谧，尤其是“春酒绿”，“夜窗幽”，月夜的幽谧、春酒的馥郁，有色有味，营造了一种清新脱俗的美好意韵。

绕砌澄清沼，抽簪映细流。
卧床书册遍，半醉起梳头。

最后两联是鱼幼薇白日里悠闲自在的散淡生活。曾经的不快，曾经的爱恨，似乎在这首排律中了无痕迹。莫非，难道，鱼幼薇真的是大彻大悟了吗?

鱼幼薇的同朝诗人罗隐有一首意味洒脱轻快的《自遣》——

得即高歌失即休，多愁多恨亦悠悠。
今朝有酒今朝醉，明日愁来明日愁。

之二十三　轻风吹却回

夏日山居

移得仙居此地来，花丛自遍不曾栽。
庭前亚树张衣桁，坐上新泉泛酒杯。
轩槛暗传深竹径，绮罗长拥乱书堆。
闲乘画舫吟明月，信任轻风吹却回。

清闲的山居生活，也许是鱼幼薇告别昨日的开始。此时的她已不是昔日的鱼幼薇了，她有了一个新的身份：女冠，也有了一个新的名字：玄机。

1. 璇玑图

玄机，璇玑，这个名字会让人想起东晋才女苏若兰编织的《璇玑图》。说来话长，美貌的苏若兰赌气与丈夫前秦将军窦滔两地分居后，思念之情与日俱增，不禁后悔当初自己的负气。便精心构思，把诗织在锦缎上，这八百四十一个字排成的“文字方阵”，纵横反复都成章句，里面藏着无数首各种体裁的诗，诗意多为倾诉她的思念之情。苏若兰将其命名为“璇玑图”，璇玑，原意是指天上的北斗星，取名璇玑是指图上的文字，像天上的星辰一样玄妙有致，知之者可识，不知者望之茫然。同时也暗指对丈夫的情感，就像宇宙星辰一样永恒不变。

不懂诗文的窦滔收到密码般的“璇玑图”后，细细体味，竟然读懂了苏若兰的一片深情。从此，夫妻恩爱，和好如初。

迷宫般玄奥的“璇玑图”轰动了那个混乱的时代，大家争相传抄，但真正懂得的人寥若晨星。唐代武则天，着意推求得诗二百余首。宋代高僧起宗，将其分解为十图，得诗三千七百五十二首。明代学者康万民，穷其一生，根据十二种读法，得五言、六言、七言诗四千二百零六首；每一首诗均悱恻幽怨，一往情深，真情流露，令人为之动容。

一幅“璇玑图”竟然能衍化出数以千计各种体例的诗来。今天我们要想彻底读懂，纵使花上几年工夫，也未必能做到。女人的爱就是这样的绵密深情，坚如钻石，却又深不可测，令人叹服。

2. 山居图

那么鱼玄机的这首七律，里面隐含着什么玄机呢？

移得仙居此地来，花丛自遍不曾栽。
庭前亚树张衣桁，坐上新泉泛酒杯。

这两联描绘了玄机神仙般的道观生活。花丛遍地径自盛开，庭院树上随手晾晒衣物，清泉之上随意泛流的酒杯。多么逍遥自在的生活！

轩槛暗传深竹径，绮罗长拥乱书堆。
闲乘画舫吟明月，信任轻风吹却回。

后两联继续描绘她悠闲的生活。倚栏而坐掩卷沉思，或漫步竹林深处，或独坐兰舟月下吟咏，一任清风吹。此时此刻，李亿的影子似乎被夏日清凉的山风吹散了。

这首诗里，传递出玄机少有的轻快和自在，也透露出道家清静无为的处世哲学。

3. 归隐辞

在文学史上，山居诗一直是田园诗人和诗僧、女冠最常见和最重要的创作类别之一。大量以“山居诗”为题的作品，散见于灯录、语录、笔记、类书、僧诗总集等各种典籍中。唐宋元明时期的“山居诗”数以千计，诗僧与女冠成为唐代诗坛上不可忽略的部分。不论是道家的清静无为、佛家的四大皆空，还是田园诗人的超然物外，晨钟暮鼓、寂静清闲的山居生活都是一种修身养性的修行。这一切都起源于陶渊明——

九日闲居

陶渊明

世短意常多，斯人乐久生。
日月依辰至，举俗爱其名。
露凄暄风息，气澈天象明。
往燕无遗影，来雁有馀声。
酒能祛百虑，菊解制颓龄。
如何蓬庐士，空视时运倾！
尘爵耻虚罍，寒华徒自荣；
敛襟独闲谣，缅焉起深情。
栖迟固多娱，淹留岂无成。

到了唐代，生逢盛世的山水田园诗人王维、孟浩然，又将陶诗的风格发扬光大了。耿介不随的孟浩然青年时隐居于鹿门山，一心作诗。与王维的空明境界、宁静之美不同，孟诗更贴近自己的生活，写景即兴而发、不假雕琢，言语自然纯净，呈现出繁华落尽见真淳的境界。

过故人庄

故人具鸡黍，邀我至田家。
绿树村边合，青山郭外斜。
开轩面场圃，把酒话桑麻。
待到重阳日，还来就菊花。

沈德潜《唐诗别裁》中称其“语淡而味终不薄”。《过故人庄》在孟诗中虽不算是最淡的，但它用省净的语言，清白如话，不见任何藻饰，恬淡疏朴。如闻一多所言，算是“淡到看不见诗”的程度了。

与孟浩然并称“王孟”的王摩诘运气比老孟好得多，不但享有诗名，还曾荣华富贵春风得意，显达时曾官至尚书右丞。可谓生逢其时。

山居即事

王维

寂寞掩柴扉，苍茫对落晖。
鹤巢松树遍，人访荜门稀。

绿竹含新粉，红莲落故衣。

渡头烟火起，处处采菱归。

首联和颈联对仗分外绝妙。“寂寞”对“苍茫”，“柴扉”对“落晖”，简单几笔，便画出了山居的清静味道，寂寞而不孤独，苍茫而不悲凉，色韵清绝。在自然的千变万化中，突出了欣欣然的随遇而安。“诗佛”最为人称道的是《山居秋暝》——

山居秋暝

空山新雨后，天气晚来秋。

明月松间照，清泉石上流。

竹喧归浣女，莲动下渔舟。

随意春芳歇，王孙自可留。

此诗以“空”字起始，为全诗定下一个空灵澄净的基调。全诗动静结合，相得益彰。月照松林是静态，清泉流溢是动态。前四句写秋山晚景之幽静，五、六句写浣女渔舟之喧哗。诗之四联分别从感觉、视觉、听觉，写出了山中秋日清新、幽静、恬淡的黄昏美景，浑然天成。它一反古代文人多悲秋的传统，有一种沉浸于清秋佳景的欢欣与愉悦。

沉醉山水、谛听天籁的女冠鱼玄机，能否悟到人生的玄机，脱胎换骨，了断尘缘？

之二十四　开笼放鹤飞

寄题炼师

霞彩剪为衣，添香出绣帏。
芙蓉花叶□，山水帔□稀。
驻履闻莺语，开笼放鹤飞。
高堂春睡觉，暮雨正霏霏。

1. 鱼炼师

这首五律，颔联缺了两个字。从内容和语意上看，这很可能是一首鱼炼师写给自己的诗。道观清净、寂寞得实在是有些无聊了。

霞彩剪为衣，添香出绣帏。
芙蓉花叶□，山水帔□稀。

前两联写的是鱼炼师早上的生活场景。慵懒地起身穿衣，给香炉添香，步出从床帐。然后戴上道冠，穿上帔裙，穿戴齐整。“芙蓉花叶□，山水帔□稀。”从音律和字面意思上有可能是“芙蓉花叶茂，山水帔群稀。”

驻履闻莺语，开笼放鹤飞。
高堂春睡觉，暮雨正霏霏。

后两联的生活情景更加悠闲散淡。停步聆听莺声燕语，打开笼子放仙鹤远飞。高堂春眠睡醒时，窗外正黄昏，细雨绵绵不停歇。

这首五律至少传递了这样一些信息：道观散淡生活的新鲜劲儿已过，

鱼玄机炼师在日复一日闻莺放鹤的闲居生活中，消磨着青春光阴，寂寞的感觉、无聊的滋味以及不耐烦的心思似有重生之象。

2. 李炼师

鱼玄机的同朝前辈、她的同行李季兰李炼师，也同样在道观里打发着光阴，只不过她的生活更精彩，陪她一起消磨春光的还有诸多才子名士。一首《偶居》流露出了她浮云般摇荡起伏的内心。

偶居

心远浮云知不还，心云并在有无间。
狂风何事相摇荡，吹向南山复北山。

全诗以浮云起兴，天上浮云随风舒卷，任意西东，李炼师遥望云天，不禁触景生情，想起了远在他乡的不归游子，来去匆匆，亦如浮云漂浮不定，自己的一片痴心、一怀深情竟无从托付！这满腔思念诉与谁人听呢？“偶居”的季兰也如浮云般心旌摇荡，身在道内，心在道外，哪里能耐得住青灯木鱼的寂寥日子呢？

做了女冠的季兰，风姿美丽，且带着须眉英气，诗书音律无所不精，与当时一帮才子诗人、僧道隐士往来颇为密切。有人说她是“形气既雄，诗意亦荡”，这个形象即使在比较开放的唐代，也显得很是另类。

有一次，李季兰和一些名流在乌程开元寺聚会。在座的有名气已然不小的诗人刘长卿，他们之间是很熟的，李季兰知道他有小肠疝气的毛病，就借用一句陶渊明的诗来打趣兼问候：“山气日夕佳？”刘才子马上也用陶诗回了一句：“众鸟欣有托。”那么清雅的陶诗，竟被他们如此使用，引得举座大笑，由此可知当时的风气。而李季兰正是开这路风气的重要人物，这也是唐代流传下来的著名段子之一。

3. 大魔咒

说到这里，忍不住还要回到一个问题上：人家李季兰是真洒脱、真豪迈。同样是女冠，李炼师的日子要比鱼炼师的日子明显滋润得多！而且，重要的是，即使鱼炼师后来大张艳帜，仍然是身在曹营心在汉，心里始终放不下那个李亿。偏偏她这么痴情的人，生不逢时，遇上了一个如此懦弱的男人，又偏偏全心投入，无法释怀。于是这个此生的第一个男人，命中注定成了她的终结者。

在她的心底，还有一个死结，就是被休。唐朝是中国封建社会的特殊时代，婚姻思想开放，贞节观念淡漠。唐公主改嫁者达数十人，高阳、襄阳、太平、安乐、永嘉诸公主还养有男宠。《唐律》规定“若夫妻不相安谐而和离者，不坐”，使唐人对离婚态度较为开通，有的离异书上还有祝福之语：“愿娘子相离之后，重梳蝉鬓，美扫蛾眉，巧逞窈窕之姿，选聘高官之士……一别两宽，各生欢喜。”但这些是说的离婚。被休就不一样了。被休与离婚是两个概念，一个是单方面的，一个是双方自愿的。一个是伤自尊的，一个是有自尊的。两者之间有着本质的区别。可以想见，当初被李家休掉的鱼玄机是多么地失魂落魄，脸面全无，这么美艳的女子，这么有才华的良家姑娘，硬是被仗势欺人的李家大娘子裴氏给逼走了。其实这也不能全怪人家裴氏，换个角度，人家也是在保护自己的权益，只不过手段极端而已。从此，鱼玄机对裴氏之恨累及全天下所有裴姓之人，后来当她艳名远播后，不管何方裴氏前来求见，她是毫无商量一概不见，这种情仇堪比国恨，至死不消。

我们能想象到，在无数个醉生梦死的欢娱之后，激情过后的鱼玄机脑海里闪回的仍是与李亿一起的一片片、一段段。有爱，有恨，有甜，有苦，更有辛酸的泪水。她就像是被下了咒，始终被回忆层层缠绕，如蛛网困虫，永远挣脱不开。

俗话说，当断则断，当忘则忘。到了鱼玄机这里却成了：当断不断，当忘不忘。想起了张爱玲的一句话：“回忆永远是惆怅的。愉快的使人觉得，可惜已经完了，不愉快的想起来还是伤心。”可惜，她说这话时，鱼玄机早已作古千年，不然，也许会有所启发，起码消停些，快乐些，就做一名安静的美女子可好。

之二十五　多情公子春留句

和人

茫茫九陌无知己，暮去朝来典绣衣。
宝匣镜昏蝉鬓乱，博山炉暖麝烟微。
多情公子春留句，少思文君昼掩扉。
莫惜羊车频列载，柳丝梅绽正芳菲。

1. 典绣衣

这首唱和别人的七律，鱼玄机流露出了道观生活的寂寞与困苦。

茫茫九陌无知己，暮去朝来典绣衣。

首联诉说了道观生活的困顿：没有知己，靠典卖绣衣度日。这与《遣怀》诗中所说的“金银志不求”有了些落差。

宝匣镜昏蝉鬓乱，博山炉暖麝烟微。

颔联一个“昏”字、一个“乱”字、一个“微”字，便传神地描绘出了有些倦怠、拮据的闲居生活。

多情公子春留句，少思文君昼掩扉。
莫惜羊车频列载，柳丝梅绽正芳菲。

多情公子春游时给我留下了诗句，可才华平平的卓文君却在白天关上了大门。说起春游留诗的故事，最有名的便是同朝才子崔护的“桃花依旧笑春风”。

话说一年一度京城科考，年轻人大量涌入，让长安城更加热闹有趣。书生崔护便是拥挤仕途上的一卒，他不辞辛苦从外地赶来京城，苦读备考。这一年清明时节，英俊书生小崔一路踏青而去，但见风和日丽，莺飞草长，小崔越走越远，越走越渴，便找到一户人家讨口水喝。久叩门不答，小崔正要离去，只见一个妙龄少女推门而出，她明眸皓齿，面如桃李，灿然一笑，花枝乱颤，令小崔眼前一亮。姑娘俏美的姿容，身后烂漫的桃花，这个画面从此定格在了小崔的心里，久久挥之不去。

第二年如愿考上了进士的小崔，再度踏青去桃林。但是桃林依旧、茅舍依旧，只是不见姑娘的踪影。多情公子崔护望眼欲穿，怅怅然在门上题写了一首诗：

去年今日此门中，人面桃花相映红。
人面不知何处去，桃花依旧笑春风。

至于崔护和姑娘的故事究竟有无结果，已很难考证。只是有许多同样多情的文人给崔护的人面桃花书写了美好的续集，在大团圆的结局里，有情人终成眷属。

而“女校书”薛涛，也曾写过无数和人诗，比如这首《和郭员外题万里桥》——

和郭员外题万里桥

万里桥头独越吟，知凭文字写愁心。

细侯风韵兼前事，不止为舟也作霖。

这首七言绝句，充满了善意的宽慰和鼓励，显示了薛涛的善解人意与不凡见识。明人钟惺在《名媛诗归》中评说，“曲尽浑含转折，浅深击应之妙。”这般知心知意的和诗，想必郭员外看了后，定会把薛姑娘当作千金难得的红颜知己吧。

2. 画眉长

若论名声和际遇呢，薛涛要比鱼玄机幸运得多，因为她更符合中国传统的审美要求。在历史的典籍中，在当时世人的目光中，对于薛涛的评价明显要高于鱼玄机，为什么呢？其一，她比李治、鱼玄机来得庄重。虽然身在红尘，却有“出淤泥而不染”的自我要求，即使在酒桌上也不至于插科打诨，谑说什么“山气日夕佳”，而是一副冷艳的姿态。其二，薛涛性情相对沉静，感性与理性拿捏有度，少有任情疏狂之态。最重要的是薛涛本是官宦之家，所以待人接物，处理关系，举止得体，有分寸，善于周旋于官宦名流之间。她天生好口才，该说什么，不该说什么，心里有数，知道轻重，拿捏得当，不会失态失言。

后人赞薛涛：“工绝句，无雌声。”后来她和继任的剑南节度使李德裕在“筹边楼”饮宴，还写出了“诸将莫贪羌族马，最高层处见边头”

这样见地深远、雄浑豪迈的诗，让人惊讶于她美色之外还有如此开阔的眼界和心胸。

3. 也寻花

鱼玄机没有这样的幸运，她一没靠山二没背景，也没有遇见真正解危救困的贵人。按说，她的人生伯乐是大才子温庭筠，虽是名门之后，却是放荡不羁的一介书生，落魄飘零，自顾不暇，哪有能力去关照鱼玄机呢？温老师也不像韦皋是拥有重兵的地方军政大员，可以随时“罩着”薛涛，哪像薛涛有这样的高起点。薛涛美名远扬后，来蜀地的中央和地方官员，纷纷慕名前来一睹传说中女校书的庐山真面目。接踵而至的不是朝廷命官，便是风流才子。

鱼玄机呢，在世时她的声名远不及薛、李二人有这么高的知名度，而且因曾为人妾，后又被弃，这样的经历难免让人心生偏见，善良的男人也许会心生怜悯，浮浪之人呢则易萌发邪念、心怀不轨。后来成了女冠的鱼玄机，对李亿彻底死了心，索性艳帜高张，公开与男人来往，这样豪放的风格，即使在开放的唐朝，也足以令人侧目。对于男人来说，如此经历曲折又如此纵情的女子，很难怀有一种欣赏之心，更多的是一种狎昵、趁火打劫吃她豆腐的心态。时人也将更多关注的目光集中到她纵情极欲的一面，反而忽略了她热烈真情的诗句。这也是鱼玄机的才华在某种程度上被埋没的原因。她漫无心机的自暴自弃，不仅葬送了自己的才华、声名，最后连小命还搭上了。

那么，薛涛、鱼玄机的诗究竟孰好孰坏呢？能否一分高下呢？在中国文学批评史上，对薛、鱼二人的评价历来有很大差异。薛涛在世时，不知获得多少类似“扫眉才子知多少，管领春风总不如”的赞美，鱼玄机生前可不曾领受过这等荣光。然而五代韦縠编的《才调集》时，选入鱼诗九首，而薛诗只三首。宋代《太平广记》，在“才妇”内却收鱼而不取薛，表现出另一种标准。明代杨慎《升庵诗话》则对薛涛推崇备至，认为薛涛《罚赴边有怀上韦令公》“有讽喻而不露，得诗人之妙，使李白见之，亦当叩首，元白流纷纷停笔，不亦宜乎”。不论鱼诗还是薛诗，世人对其可谓仁者见仁，智者见智，各有所好。总结前人对鱼诗的观点，不外乎有三点积极作用：一是对中国爱情诗的发展，二是表现女性觉醒，三是对七言排律诗歌的推动。

当绿水缠绕，桃花依旧的薛涛墓被无数名士凭吊怀念时，鱼玄机的踪迹早已不知所在，生前身后一样的凄凉无助，只是那些指责与非议千百年来未曾停息过，如果鱼玄机在世，这个满腹才情、满腔怨恨，满怀深情的美貌女子也许会嘴角一撇，漫不经心地扔下两句诗，算是给那些人的一个回答——

画舸春眠朝未足，梦为蝴蝶也寻花。

之二十六　朱丝独抚自清歌

愁思

落叶纷纷暮雨和，朱丝独抚自清歌。
放情休恨无心友，养性空抛苦海波。
长者车音门外有，道家书卷枕前多。
布衣终作云霄客，绿水青山时一过。

1. 咸宜观

又是秋天的思绪，又是忧愁的思绪！已经出家于长安咸宜观的鱼玄机，在经过了一段清静散淡的闲居生活之后，没有了断尘缘的一颗凡心依然沉浸在昨日今日的纠缠中，回忆、幽思接踵而至。

落叶纷纷暮雨和，朱丝独抚自清歌。
放情休恨无心友，养性空抛苦海波。

这是怎样一幅萧瑟的画面：傍晚，落叶纷纷，潇潇秋雨，在这样的背景之下，鱼玄机一个人对着暮色落叶秋雨，弹着丝弦，唱着歌。一个姿色娇美的妙龄女子，身着黯然的道袍，弹唱着凄切哀婉的《雨霖铃》……怎么想也不是一幅令人愉悦的画面。

在这样一个阴雨绵绵的深秋，暮色苍茫，很容易让人陷入回忆的旋涡。深居道观的鱼玄机不由得想起了自己的昨天今日。过去自己放任情怀，现在自己出家修身养性，已抛却人间苦海，不必再恨那个冷漠无心的薄情郎李亿。显然，今日的鱼玄机已非昨日的鱼玄机，她的胸襟豁达了许多，似乎可以宽恕无情无义的李亿。

长者车音门外有，道家书卷枕前多。

布衣终作云霄客，绿水青山时一过。

道观常有前来谈诗论道的长者，络绎不绝的车马声不时传来，而鱼炼师的枕前则堆满了道家的书籍。平民出身的鱼玄机终于离开了尘俗做了逍遥自在的道姑，绿水青山可以如仙人一般疾飞而过。

鱼玄机出家的咸宜观本是唐睿宗做藩王时在长安的府第。唐代宗宝应元年（762 年），唐玄宗的女儿咸宜公主入道，住于此，此后便称咸宜观。观内有吴道子、杨廷光等人的绘画，陈设也很排场，士大夫家的女子入道，都愿在此观。

2. 思绪

与鱼玄机齐名的李季兰在秋天的道观里，又有怎样的一番思绪呢？

心高气傲的薛涛心境不似李、鱼这般牵肠挂肚，在秋日里，她会坐看浮云、聆听天籁。她曾有一首诗《听僧吹芦管》——

晓蝉呜咽暮莺愁，言语殷勤十指头。

罢阅梵书聊一弄，散随金磬泥清秋。

在这首诗里，“晓蝉呜咽暮莺愁”道出了诗的背景和基调，依然是秋天，依然是暮色黄昏，这首诗里依然有“愁”，但此愁非彼愁，是生活条件相对优裕的闲情淡愁。或许，自误入红尘后，承蒙那么多高官的关照呵护，薛涛不会有鱼玄机“暮去朝来典绣衣”的生活艰难。而她清高自持，也不会有李治那么多的牵挂惆怅。思来想去，还是薛涛聪明，想透了——别把大把的希望、柔情都给了男人，还是留下一些爱给自己吧，还是对自己好一些吧。这种冷淡疏离，这种若即若离，这种用心的“无为”，反而更吸引了男人，“求见者甚众”。

一句话，男人看不透薛涛，但薛涛却彻底看透了男人。她用自己的心智编织了一个自我保护的防线。让男人远远观望，却不可亵玩。这是她的高明。可惜，鱼玄机却天真地把自己毫无保留地呈现给了李亿，没有底线，甚至没给自己留下任何退路。

之二十七　曾睹夭桃想玉姿

代人悼亡

曾睹夭桃想玉姿，带风杨柳认蛾眉。
珠归龙窟知谁见，镜在鸾台话向谁。
从此梦悲烟雨夜，不堪吟苦寂寥时。
西山日落东山月，恨想无因有了期。

天桃与蛾眉

在中国古典诗词中，悼亡是一大主题，它专指悼念亡故的妻妾而言。魏晋之前并无悼亡诗，西晋潘岳为悼念亡妻杨氏写《悼亡诗三首》，开悼亡诗题材之先，后世乃专以悼念亡妻的诗词为“悼亡”。故悼亡诗词多为诗人即兴抒情之作，不像哀祭文有一定的格式。朋友、亲旧去世，古人也有以诗相哭、以诗代祭文的，如李商隐《哭刘》诗、张籍《祭退之》诗，这些诗习惯上并不被视作“悼亡”，亦与四言韵语的哀祭文不同。这类诗，可按萧统《文选》的标目，归于“哀伤”类。

师常常超越自己身份，代拟男子之音，多次写下代人悲悼妻丧之章，以男子口吻忆念亡妻，显示了鱼玄机内心对爱的渴求。

曾睹天桃想玉姿，带风杨柳认蛾眉。
珠归龙窟知谁见，镜在鸾台话向谁。

颜仙姿；弱柳迎风，似伊为欲扶携。妙比龙珠，存，映现着当年夫妇厮守的情景。如今是烟雨痛。日落月升，年复一年，相思难了，追忆无休。全诗勾画出一个娇好的妻子，树立起一个多情多义的丈夫，反照出鱼玄机渴望拥有美好婚姻家庭和爱情的心情。

这两联就用了四个典：夭桃、蛾眉、珠归龙窟、镜在鸾台。典故用得巧妙，又都形成了对仗。这些清词丽句，幽柔融雅，富有情致。

从此梦悲烟雨夜，不堪吟苦寂寥时。

西山日落东山月，恨想无因有了期。

鱼玄机作诗，苦思冥求，力求字字声金，工于遣词炼句。颈联中“梦悲”对“吟苦”，“烟雨夜”对“寂寥时”，这些精美的词句，构成了一种哀伤不已的思念与怀恋。尾联将这种情感推上了极致：每天太阳落山，月亮升起，这思念，何时才有终了之日！

这首代人悼亡诗，烙上了鱼玄机的深情与哀婉，与其说是化身哀悼别人的亡妻，倒不如说是在追念已去的似水流年，如烟往事。

在鱼玄机死去的一千多年后，大洋彼岸的美国汉学家宇文所安将鱼玄机的诗歌收录在了《诺顿中国文学选集》，她身上原汁原味的文学本源，吸引了西方学者关注的目光，这位没有政治依附、坦率倾诉内心的女诗人得以从“淫荡，诗体亦靡弱”的轻视与非议中，挣脱出来。

其实，这样一个伤春悲秋，重情重爱，到头来只问世间情为何物的女子，倘若穿越了历史时空，出现在今天，又是多么绝世独立，直令那些追名逐利不择手段的女人嗤嗤地笑，笑什么？笑她傻，人生那么短，何必当真?

之二十八 聚散已悲云不定

寄子安

醉别千卮不浣愁，离肠百结解无由。
蕙兰销歇归春圃，杨柳东西绊客舟。
聚散已悲云不定，恩情须学水长流。
有花时节知难遇，未肯厌厌醉玉楼。

1. 聚散已悲云不定

这首七绝依然是鱼玄机深情的心曲。真挚缠绵，表达了炽热的相思之忧。诗中风流云散、聚散无常的回顾，使人悲伤；柳绊客舟的情想，让人生恨。

醉别千卮不浣愁，离肠百结解无由。

蕙兰销歇归春圃，杨柳东西绊客舟。

“蕙兰”一语双关，一是指兰花，二是指代鱼玄机，她字蕙兰。颔联意思是，美丽的兰花过时不采，已悄然凋谢，杨柳随风飘摇绊住了客船。也就是说，鱼玄机、李亿相聚遥遥无期。“杨柳东西绊客舟”与《赋得江边柳》中的“根老藏鱼窟，枝低系客舟”诗句似曾相识。

聚散已悲云不定，恩情须学水长流。

人生聚散就如同天上的流云那样分合不定，夫妻间的情意不应如浮云那样流散，应似滔滔不绝的江水长流不歇。多年的情感挣扎，让天真的鱼玄机在痛苦中逐渐懂得了人生无常，聚散不定，世事难料。而男女之情，更是短暂得稍纵即逝，脆弱得经不起考验。

有花时节知难遇，未肯厌厌醉玉楼。

尾联意思是知道两个人难以相逢，不肯天天这么失魂落魄地醉酒浇愁。所谓意乱情迷，偏执的鱼玄机，依然不肯面对现实，仍然对李亿、对两个人渺茫的爱情充满了一厢情愿却虚弱无力的幻想和希望。

明本《唐百家诗·唐女郎鱼玄机诗集题跋》曾说："玄机善吟咏，美风调，虽未免涉于多情，而幽柔融雅，有足悲焉。妇人之集，其仅存者，岂多见耶：予愍其无传也，今刻之。"

情深痴情如鱼玄机者甚多，但偏执一意孤行如鱼玄机者甚少。所以，从某种角度说，鱼玄机的悲剧即是性格悲剧。正所谓性格决定命运。这是她的宿命。而伤心呢，则是天下所有女人的宿命。

2. 自恨罗衣掩诗句

不论命运如何不公，但对于诗才绮丽的薛涛、鱼玄机之流，身处诗意萦怀的大唐盛世，便是一种生逢其时的幸运。当今天的我们遥望这个华丽的时代，一定会注意到——在这个朝代星光璀璨的文学星空中，出现了一个奇异的现象，就是那些社会地位低微的娼妓和女冠，譬如薛涛与女观李治、鱼玄机，她们经历曲折，却才华冠世，诗章成就颇高，引得世人连连叹服。

一介低微的弱女子，令人不齿的身份，何以能在封建时代脱颖而出？

不外乎有以下几个原因：一是虽然薛、鱼之流社会地位低，但她们有广泛丰富的社交活动，经常出入各种主题的大 party，结识形形色色的社会名流，这样的交际使她们的诗句更容易流传。二是文学的支柱在于感情，而薛鱼等因特定的职业关系，阅人无数，复杂的经历和遭遇使她们比一般女子有着更多的人生感慨、起伏跌宕的心情，为文学创作提供了丰富的素材和源泉。三是文学修养是修炼而来的，薛鱼之流自幼饱读诗书，早慧而有悟性，兴趣的使然与生存的需要，使她们留连于诗书瀚墨间，与文人墨客的诗词唱酬中，让自己的眼界和境界不断得以提升。

大唐开放的气象则为这些女诗人提供了一个相对宽容的氛围。那时，男尊女卑的传统思想明显削弱，女性的地位得到了空前提高。门第观念、等级关系较前朝淡薄。当时诗坛巨擘，文章魁首、各界名流与青楼女子交往，没有将其简单的庸俗化，当作色情娱乐对象来描写，而是追求一种精神上的交流与共鸣。比如，元稹、王建等众多才子名流纷纷赞叹诗妓花魁薛涛的才色，引为知己："锦江滑腻峨眉秀，幻出文君与薛涛。"白居易在浔阳江边听到了琵琶声后，便移船相近邀相见，添酒回灯重开宴。在仔细听了老大嫁作商人妇的歌女演奏和身世后，连连叹息"同是天涯沦落人，相逢何必曾相识"，并且放声痛哭到泪湿青衫的地步。又比如，茶圣陆羽、诗僧皎然、诗人刘长卿等与李治相从甚密，常常一起谈诗论道，纵说人生，好不逍遥快乐。甚至连唐德宗也萌生念头，想见一见传说中的李季兰究竟为何方尤物。

"毫端运秀临霜写，口齿噙香对月吟。"李治的《八至》，薛涛的《春望词》，鱼玄机的"自恨罗衣掩诗句，举头空羡榜中名"，无不表达了这些咏絮女子的才华与自信，倘若生为男儿身，有谁能怀疑其金榜提名、一展雄才的能力呢？

《红楼梦》里曹雪芹借林黛玉之口说，“我曾见古史中有才色的女子，终身遭际，令人可欣、可羡、可悲、可叹者甚多。”的确，花容月貌、风华绝代、超凡脱俗、孤标傲世，都让她们在历史的视野里显得那么卓尔不群。然脂肤荑手不牢固，世间尤物难留恋。好在历史留下了她们的芳名，好在她们留下了诗句，让我们有幸拂去岁月的尘沙，倾听幽兰佳人的千年一叹。

第四部分

清歌散仙

之二十九　白日清宵是散仙

题隐雾亭

春花秋月入诗篇，白日清宵是散仙。

空卷珠帘不曾下，长移一榻对山眠。

1. 一帘幽梦

隐雾亭，指的是隐藏在云雾中的山亭。鱼玄机的这首七绝，干净淡雅，自有一股春茶般的清新芬芳。

春花秋月入诗篇，白日清宵是散仙。

春天烂漫的山花，秋天皎洁的明月，此地的四季景色皆可入诗入画。无论是阳光灿烂的白天还是山风习习的夜晚，闲庭信步的鱼玄机都清闲逍遥得赛过神仙。

空卷珠帘不曾下，长移一榻对山眠。

把珠帘卷起来，一刻也不曾放下，随意侧卧在矮榻上，对望着远山，似睡非睡，似醒非醒。

晶莹剔透、泠泠作响、轻轻摇动的珠帘，是古代女子闺房中不可或缺的点缀。它寄意着浪漫、婉转、缠绵的情思，正所谓一帘幽梦。在诗仙李太白的《怨情》中，珠帘则成了怨妇哀婉悲凉的道具——

美人卷珠帘，深坐颦蛾眉。

但见泪痕湿，不知心恨谁。

宋代大才女李清照，也喜欢用珠帘来铺垫神态与动作。在她的婉约词中，至少出现了两次“卷帘”，寄寓才女一腔的相思与愁绪——

如梦令

昨夜雨疏风骤，浓睡不消残酒。试问卷帘人，却道海棠依旧。知否？知否？应是绿肥红瘦。

醉花阴

薄雾浓云愁永昼，瑞脑消金兽。佳节又重阳，玉枕纱厨，半夜凉初透。

东篱把酒黄昏后，有暗香盈袖。莫道不销魂，帘卷西风，人比黄花瘦。

在词中，卷帘与帘卷已不只是一个简单的动作，还是一种情境的铺陈，是诗意的点缀。

在清冷的道观，当珠帘摇移，斜卧榻上，遥对远山，半睡半醒时，已经出家为道的鱼玄机，还有一帘幽梦吗？

2. 声声尽是迎郎曲

反观薛涛，端庄得体，秀美含蓄的薛涛，生前身后长期以来一直备受男子的推崇，宜家宜室，上得厅堂下得厨房，如果不是身份低微，一定是才子名士最理想的老婆人选。尽管沦落红尘，却意趣高洁，从容淡定，花容月貌不减清烈。尤其符合儒家所提倡的“怨而不怒，哀而不伤”的审美标准。

自屈原开创以“香草美人”喻指君臣关系后，文人名士怀才不遇的忧愤、伤感、失意等皆包含在隐晦的意象中，且越含蓄曲折越能引起关注，这已成了众所周知的文学传统。而薛涛在对感情的把握上也许同样受此影响。长期与权贵周旋逢迎中，薛涛阅尽世事，智慧剧增，可以不卑不亢，进退裕如地把控分寸。聪明的她自知自己的身份，也清楚自己的未来，所以对情感的追求一直是理性而克制的随遇而安。

理智战胜了情感的薛涛，始终没有像鱼玄机一样对爱进行那么热烈直白的呼喊，只是将之融入风花雪月中，以景喻情，借景抒情，委婉地表达着内心的情愫，少了些女性率真恣意的倾诉，更多了些男性般的内敛深沉。其实细细想来，薛涛的智慧与处事之道，是以牺牲、压抑自己的欲求而来。当筵席散去，人去楼空，独守长夜的薛涛，“青灯照壁人初睡，冷雨敲窗被未温”，即使一路被追捧恭维，即使平安终老，一个孤单的背影也不见得有多少幸福可言。

之三十　庭闲鹊语乱春愁

暮春即事

深巷穷门少侣俦，阮郎唯有梦中留。
香飘罗绮谁家席，风送歌声何处楼。
街近鼓鼙喧晓睡，庭闲鹊语乱春愁。
安能追逐人间事，万里身同不系舟。

1. 宣言书＆心情日记

暮春，指的是农历三月。南朝梁丘迟《与陈伯之书》写有：“暮春三月，江南草长，杂花生树，群莺乱飞。”即事，当前事物。即事诗，是以当前事物为题材的诗。有的学者从“万里身同不系舟”中找到依据，认为鱼玄机这首诗里做出了立即出家的决定。还有一种观点，就是鱼玄机写此诗时，已经身在道观。对于历史的推测，各有各的道理。但历史不是想象，可能简单地超乎想象，也可能复杂得异乎寻常。而鱼玄机的这首七律呢，可能是一个宣言书，也可能就是一个简单的心情日记。

深巷穷门少侣俦，阮郎唯有梦中留。

首联。穷街深巷，门前冷落，少有朋友。曾经的老公李亿也只有梦中相见。

香飘罗绮谁家席，风送歌声何处楼。

颔联。罗衫绣衣衣香飘荡，是来自谁家的筵席？微风过处送来袅袅歌声，是来自谁家的楼阁？

此联透出了鱼玄机烦乱不宁的心绪，对俗世欢情暗露艳羡之意。以“杂花生树，群莺乱飞”喻之，很贴切。

街近鼓鼙喧晓睡，庭闲鹊语乱春愁。

颈联。大街临近住处，五更喧闹的街鼓搅醒了清晨的好梦，白天庭院的喜鹊喳喳叫搅乱了春愁。鼓鼙，鼓，一种打击乐器，多为圆桶形或扁圆形，中间空，两面或一面蒙有皮革，敲击发出声音。鼙，古代军队中使用的小鼓。唐代实行宵禁，始置街鼓，晨鼓响后人们才能出行，晚鼓响后禁人街行。只有元宵节特许夜行，放三夜花灯，名为“放夜”。

心绪烦乱的诗句，让人不由得想起了佛家的禅语：不是帆动，不是风动，而是心动。鱼玄机诗中说喧闹的“鼓鼙”“鹊语”惊扰了她的春梦春愁，实则是她心神不定，为得不到的“水中月、镜中花”而昼思夜想，寂寞苦闷。

安能追逐人间事，万里身同不系舟。

尾联直抒重寻尘世欢乐之心声，以不受约束、自由无羁的“不系舟”形象，来表明自己追求自由快乐的执着心情。

2. 胁迫＆一厢情愿

围绕着鱼玄机的这首七律，有一个小小的争议，那就是鱼玄机出家为道，究竟是李亿的胁迫还是鱼玄机的一厢情愿？

在同时代的唐人皇甫枚《三水小牍·绿翘》中说：鱼玄机“破瓜之岁，志慕清虚，咸通初，遂从冠帔于咸宜。”但对于鱼因李亿所弃而出家的原因只字不提。元代辛文房《唐才子传》中说鱼是被李亿“遣隶咸宜观披戴”。一千多年过去了，当初的历史真相无从得知。我们不妨设想两个不同的版本，来还原当初的情景。

一是胁迫说。话说李亿经老婆裴氏大闹之后，脑袋瓜都被她骂晕了。生性懦弱的李亿不敢得罪强势的正房大老婆，更何况小辫子还攥在人家手里，所以只能拣软柿子捏，拿无依无靠的二太太鱼玄机下手。如何下手，如何支走，思前想后，着实费了李亿不少脑细胞。功夫不负苦心人，李亿终于想了个万全之计。

一天黄昏，李亿陪着鱼玄机花前月下，闲庭信步。看到眼前飞飞停停的蝴蝶，李亿灵感忽至，找到了说服的由头，开口了。他说，宝贝，你看这美丽的蝴蝶上下翻飞，多么地自由自在，我们何不学它，像蝴蝶一样快乐逍遥呢？鱼玄机一时没听明白，追问了一句。于是李亿答曰，亲爱的，且听我慢慢道来。于是李亿如此这般地说了半天，鱼玄机最后终于明白了，原来老公是让她当姑子，寻个彻底清静自在。听了此话，鱼玄机是万箭穿心，泪水扑簌而下。李亿慌了，连忙劝说道，宝贝，我的意思呢，是暂且让你去那里避避风头，那里僻静，黄脸婆也不会追到那里跟你拼命，你待在那里，我心里也踏实。再说，我一有空就跑去看你，等过了这阵子，再把你接出来，我们好好过日子。宝贝我爱你，相信我，没错的！

经不住李亿指天发誓，这般那般的种种许诺，鱼玄机就这样糊里糊涂地进了咸宜观，摇身一变，从李家二太太成了名扬天下的鱼玄机。

二是自愿说。话说李亿自从上个月来了一次之后，就再也没有动静。鱼玄机不停地写诗，天天夜夜等着他的李亿哥哥发发慈悲回来看她。但连个屁影都没见着。人家李亿就像从人间蒸发了一样，了无踪影。

想见的人没有等到，不想见的人却不请自来了。老公的结发妻子、原配大太太突然从天而降。她气势汹汹地带着几个狗仗人势的家丁丫头，还有几个伶牙俐齿、一看就不是善茬儿的阔亲戚，破门而入。鱼玄机大惊失色，哪见过这等剑拔弩张的阵势，定了定神，还没等开口，就被扇了一记响亮的耳光。接着开骂，一套套恶毒歹毒的污言秽语如滔滔江水不绝入耳。其实，她本来的设想是，请大太太进来，请上座，请用茶，然后跪在地上，企求德高望重的大太太，大发慈悲，成全鱼玄机与您同侍一夫的心愿，即使当牛做马，贱妾也心甘情愿。

但威风八面的大太太不耻于跟她对话。今天来的目的只有一个，就是将她彻底打翻在地，永世不得翻身！接下来在一番互撕、扭打之后，正气战胜了邪气，剩下的是哭泣的鱼玄机和破碎的、艳丽的陶片。

夜幕渐渐降临，遍体鳞伤的鱼玄机依然跌坐在地，任月亮的清辉洒满了周身。时间仿佛凝固了一般，四周是死一般的寂静，鱼玄机甚至听得到内心的哭泣。

还有活路吗？还有立足之地吗？

当天色渐亮，东方之既白时，鱼玄机停止了哀伤的啜泣，只见她憔悴的颜面泪痕斑斑，曾经明亮的眼神暗淡无光，当她穿过自己的发梢，看到天边熹微的晨光时，突然一个念头一闪而过。出家？出家！

这两种均可能是鱼玄机成为咸宜观鱼玄机的由来。

之三十一　不知何处醉金杯

重阳阻雨

满庭黄菊篱边折，两朵芙蓉镜里开。
落帽台前风雨阻，不知何处醉金杯。

1. 两朵芙蓉镜里开

重阳，是农历的九月九日。古人在这一天有登高、插茱萸、饮菊花酒的习俗。出家在咸宜观的鱼玄机，这一天本来打算登高会友、饮酒赏菊。岂料偏偏一场秋雨，搅乱了鱼玄机的出游。

扫兴的鱼玄机只能独自一人对着满庭盛开的黄菊喝闷酒了。

满庭黄菊篱边折，两朵芙蓉镜里开。

满庭院的金黄色菊花在竹篱边已被风雨折断，俏丽的容颜如芙蓉花般在镜子里盛开。黄菊与芙蓉，在这样艳丽的色彩中，揽镜自照，顾影自怜，有万花凋零我独放的孤寂与落寞。

落帽台前风雨阻，不知何处醉金杯。

独自一人自怜自醉，原来是因为要去参加诗文聚会，但却被风雨阻隔，相约的朋友不知到何处醉酒解闷了。落帽台，湖北江陵西北的龙山，因晋代孟嘉之事而筑。

这首七绝即事抒怀，正如钟惺在《名媛诗归》中所说，“浅浅忖度语，不复深怀，自然音响有节。”

2. 怎一个愁字了得

无独有偶，在二百多年后，宋代大才女李清照的婉约词旦，也多次描述了黄花（菊花）——

声声慢

寻寻觅觅，冷冷清清，凄凄惨惨戚戚。乍暖还寒时候，最难将息。三杯两盏淡酒，怎敌他，晚来风急？雁过也，正伤心，却是旧时相识。

满地黄花堆积，憔悴损，如今有谁堪摘？守着窗儿，独自怎生得黑！梧桐更兼细雨，到黄昏，点点滴滴。这次第，怎一个愁字了得！

李易安在这首词里，勾画了一个秋日的黄昏：凄凉、肃杀、清冷、寂寞。黄昏里的女子呢，是凄凉、孤独、悲伤而忧愁的。以直接铺陈描写的手法，多层次言愁，意境凄深。最妙的是，巧用十余个叠字，气机流动，用字奇横而不妨音律。

《红楼梦》里，寄人篱下，心思重重的林妹妹，每日里情思睡昏昏，为似透非透的爱情所困，为似真非真的未来所忧。浪漫多情又忧愁多虑的她在春日里，垂泪葬花自伤身世——

试看春残花渐落，便是红颜老死时。

一朝春尽红颜老，花落人亡两不知！

林妹妹的悲剧在于因情伤身，因爱伤神，因困伤心，最终柔弱之身不堪重负，愁绪三更入梦遥，香魂一缕随风散。

鱼玄机的悲剧又是什么呢？莫非是对爱太执着？莫非是无视现实，只执意于自由的意念？

总之，这些聪明绝世的才女，明明看得透、说得明，但一遇到爱情，便统统失了灵性和判断，没了理智，身陷其中，执迷不悟。

同样糊涂的还有张爱玲，说起来倒是比做起来更聪明些——

爱情本来并不复杂，来来去去不过三个字，不是“我爱你，我恨你，”便是“算了吧，你好吗？对不起”。

之三十二　翠叶那堪染路尘

卖残牡丹

临风兴叹落花频，芳意潜消又一春。
应为价高人不问，却缘香甚蝶难亲。
红英只称生宫里，翠叶那堪染路尘。
及至移根上林苑，王孙方恨买无因。

1. 何以残花自喻

牡丹，国色天香，百花之王。她色泽华美，芳姿雍容，意味着花开富贵，幸福美满。这恰恰和鱼玄机所在的朝代——唐朝的审美风格所吻合。牡丹在唐朝备受推崇。不只是皇宫的御花园里、大官显宦的府第里栽植牡丹，就是一般文人学士的住宅、和尚道士的寺院道观也都栽满了牡丹。

鱼玄机的这首《卖残牡丹》名气很大，点评者甚多，为什么呢？原来她一反常态，写出了牡丹盛极而衰的另一种伤感和凄凉，以残花自喻，寄托深远。

临风兴叹落花频，芳意潜消又一春。

首联。牡丹是唐宋年间最受珍爱的花卉。但最美的花也终有萎谢之时，当风雨侵蚀，春色渐去，鲜艳招展的花枝也在不知不觉中随风凋零。

应为价高人不问，却缘香甚蝶难亲。

颔联。国色天香的牡丹价码太高，无人问津，也因香气太过馥郁，彩蝶难以亲近。

红英只称生宫里，翠叶那堪染路尘。

颈联。这样美丽的花儿只适合生长在富贵明丽的深宫，金枝玉叶哪里忍受得了寻常巷陌上飞扬的尘埃。借花自伤：纵有花容月色，绮才玉貌，但生于卑微，又能怎样！到头来还不是一抔尘土掩风流！

及至移根上林苑，王孙方恨买无因。

尾联。等到国色天香的牡丹移植到宫苑，贵族王孙方才后悔不迭，抱恨当初没有买下这芬芳华美的牡丹。流露出自视甚高，悲慨亦深的格调。

这首诗里有一个疑问，就是鱼玄机为什么自喻衰败的残牡丹？原来，在大唐，世人以十五岁女子为最美，二十一过便有青春已逝的感叹。俗话说，牡丹花下死，做鬼也风流。当鱼玄机这朵芳菲四溢的牡丹出现在李亿面前时，懂得人生得意须尽欢的他只贪婪于牡丹的美色，哪管什么呵护与珍爱。当牡丹的芳华享用得差不多了，老婆又在一旁逼迫催促，李亿不敢抗命，轻轻地说声宝贝我走了，便挥一挥衣袖，道声珍重，走人了。结果，牡丹花下死，做鬼也风流的没当成鬼，牡丹反到被这绝情一别先折了，从此破罐子破摔，花叶飘零，一任东西。

2. 春色岂知心

薛涛也有一首《牡丹》诗，比鱼玄机来得委婉缠绵，不以鱼玄机这么泼辣地、真切地表白心底的声音——

牡丹

去春零落暮春时，泪湿红笺怨别离。
常恐便同巫峡散，因何重有武陵期？
传情每向馨香得，不语还应彼此知。
只欲栏边安枕席，夜深闲共说相思。

薛涛的《牡丹》原来是一首传递相思的情诗。借牡丹说情，借牡丹喻情，这和曲折幽微的意境倒是薛涛一贯的风格。换了直来直去的鱼玄机，会被憋屈死。

雍容华美的牡丹，在审美情趣不俗的诗佛那里，则品出了一番与众不同的清润滋味——

红牡丹

王维

绿艳闲且静，红衣浅复深。
花心愁欲断，春色岂知心。

之三十三　何处同仙侣

访赵炼师不遇

何处同仙侣，青衣独在家。
暖炉留煮药，邻院为煎茶。
画壁灯光暗，幡竿日影斜。
殷勤重回首，墙外数枝花。

炼师

炼师，《唐六典》中说，道士修行，其德高思精者，谓之炼师。这首五律的题意是鱼玄机访问赵炼师未果。赵炼师为何许人也，史料没有记载，但从诗中来看，赵、鱼二人交情不浅，不然，不会不请自来。

何处同仙侣，青衣独在家。
暖炉留煮药，邻院为煎茶。

一个春日的上午，鱼玄机步出咸宜观，前去寻访朋友赵炼师。可惜她不在，只有道童一人，问她何处去，道童也摇头不知其去向。只见屋内还有暖炉用来煮药，邻院为客人鱼玄机煎了清茶。仙侣，神仙伴侣，也用于比喻高逸不凡的朋友。

画壁灯光暗，幡竿日影斜。
殷勤重回首，墙外数枝花。

赵炼师究竟去哪里了呢？鱼炼师心有困惑，于是坐下来，品着春茶，耐心等待。几个时辰过去了，日影西斜，点烛掌灯之时，还不见她的踪影。鱼玄机决定离开，但还是心有不舍，频频回首，只见墙外数枝花静静开放。心想，不知何时才能相见。

对于这首五律，前人近人对此仁者见仁，意见不同。方回认为："尾句颇轻俗，中四句却俱佳。"纪晓岚在《瀛奎律髓刊误》中反驳"尾句固未见甚佳处，亦未轻俗，中四句却无佳处"。但也有人认为这首轻巧的小诗，清淡干净，朗朗上口，颇有几分道家的清虚空明。

之三十四　人世悲欢一梦

寓言

红桃处处春色，碧柳家家月明。
楼上新妆待夜，闺中独坐含情。
芙蓉月下鱼戏，螮蝀天边雀声。
人世悲欢一梦，如何得作双成。

1. 人世悲欢一梦

在唐代三大才女李治、薛涛、鱼玄机中，诗歌创作体裁最丰富多样的当属鱼玄机。她有五律、七律、七绝、五绝、七言排律和六言古诗等多种诗体。六言古诗中，鱼玄机用排比手法较多，格律严谨，灵巧精工，挥洒自如。这首六言古诗的题目名为《寓言》，一定寓意着、寄托着鱼玄机的心声，也许是参透了人生的真谛，看透了聚散离合。

红桃处处春色，碧柳家家月明。

首联中有对偶、叠字的辞格，勾画出了春色图之一：远景。“红桃”对“碧柳”，“春色”对“月明”，“处处”对“家家”。在鱼玄机诗中，叠字共出现了22次，且出现的位置十分灵活，或句首，或句中，或句尾。在这一首诗首联中，叠字“处处”与“家家”出现在句中，增强了语言的音律之美与艺术表现力。

楼上新妆待夜，闺中独坐含情。

颔联对仗精巧，将诗意的目光由远及近推至闺楼中的女子，生动描画出了她们的情怀与姿态。“楼上”对“闺中”，“待夜”对“含情”。楼上少妇轻扫蛾眉巧梳云髻，满心等待丈夫归来。闺中女子窗下独坐，含情脉脉，暗想心事。

说到新妆，有必要了解一下唐朝的时尚妆容。随着唐朝经济发展，国库充实，百姓富足，女人的服装也由瘦变肥。这倒是符合经济学家的研究结果：裙子越简短，经济越不景气；裙子越冗长，经济越繁荣。唐初，衣衫小袖窄衣，外加半臂，肩绕披帛，紧身长裙上束至胸，风格简约；盛唐时，衣裙渐宽，裙腰下移，服色艳丽；至中晚唐时，衣裙日趋宽肥，女子往往褒衣博带，宽袍大袖，色彩靡丽。还有一种半袒胸的大袖衫襦——袒领服，衣料为质感轻薄的纱罗，时人形容为“慢束罗裙半掩胸”“参差羞杀雪芙蓉”“绮罗纤缕见肌肤”，下配以曳地长裙，充分体现了女子的婀娜身姿。想必“三千宠爱于一身”的杨贵妃，就是身着如此性感妖娆的轻罗羽衣，引来了唐明皇满含深情的凝视。

大唐推崇牡丹，推崇华美、明艳、雍容、张扬、富有层次的美。单面妆就有敷粉、抹胭脂、画黛眉、贴花钿、点面靥、描斜红、涂唇脂诸多方法，淡妆者采其二三，盛妆者悉数运用。铅粉色泽洁白，质地细腻，施于面、颈、胸部，“纤白明媚”。今天从日本艺妓的妆容上也许尚能一瞥唐之遗韵。由于帝王士大夫的偏爱，女子眉式花样百出。唐玄宗曾令画工画《十眉画》，名目有鸳鸯眉、小山眉、倒晕眉等。阔眉是主要眉式，初唐一般都画得较长，盛唐以后到了杨贵妃时便流行粗短蛾眉。这些妆扮还不够，大唐女子还要在眉眼之间下大功夫精心雕饰。花钿是一种额饰，以金箔片、黑光纸、云母片、鱼腮骨等材料剪制成各种花朵之形，尤以梅花最为多见，贴于眉间。面靥是于面颊酒窝处以胭脂点染，或像花钿一样，用金箔等物粘贴。斜红是于面颊太阳穴处以胭脂染绘两道红色的月牙形纹饰，或形如弦月，或状似伤痕，是中晚唐妇女一种时髦的打扮。

实话实说，这些华丽的妆扮对于今天的我们来说，实在谈不上有多少美感，倒是有几分夸张的戏剧性。每一个女子，都像是一出戏里的不同角色，在上演着自己的人生故事。而出家的鱼玄机呢，华美的妆容已留在了过去，冠帔加身的她更像是一素面青衣，等待着飞蛾扑火的最后一刻。

芙蓉月下鱼戏，螮蝀天边雀声。

颈联由人物推至楼外景色：月光下，荷花底下，鱼儿在优游自在地嬉戏；天边，彩虹之旁，鸟雀翻飞高声啾鸣。以鱼的欢游与鸟的飞鸣来做对比。

人世悲欢一梦，如何得作双成。

尾联笔锋一转，由情景转入情理。似有参透悟道之意，也许寓言就隐藏在这里。对于“如何得作双成”素有争议。意见一：人世间，无论悲喜离合都像一场梦，如何做得女神仙双成？意见二：人世间，无论悲喜离合都像一场梦，如何做得成双入对的神仙眷属？意见的关键集中在对“双成”的解释上。

整首古诗，如一幅幅精致的画面，有桃花杨柳，有新妆的少妇，有独坐的闺秀，有月下的游鱼，有彩虹旁的飞鸟，有远有近，有动有静，构成了一幅优美的太平春色图。最后两句，一语点题，省悟之意苍凉之情悄然流露。

2. 相见时难别亦难

对于这首诗的真正寓意也有两种观点，一是鱼玄机对人生道路做出了重要选择，形成了出家为道的想法。二是有人认为此诗有“狭邪风”，甚至推断这首诗所寓之隐，大约是与某某人有私情。如此这般轻率的臆断与猜测，让人哭笑不得。想起了鲁迅的话——大家同读《红楼梦》，易学家看见八卦，道学家看见淫，谣言家看见宫闱秘事，正是这个道理。如果以这样“看见肥皂想起女人洗澡”的逻辑阅读诗词的话，不知道从李商隐的《无题》又会窥视到什么见不得人的私情隐晦！

《无题》

相见时难别亦难，东风无力百花残。
春蚕到死丝方尽，蜡炬成灰泪始干。
晓镜但愁云鬓改，夜吟应觉月光寒。
蓬山此去无多路，青鸟殷勤为探看。

首句“相见时难别亦难”如异峰突起，摄人心魄。颔联“春蚕到死丝方尽，蜡炬成灰泪始干”最为人称道，采用了比喻与双关的表现手法，有一种燃烧至死、缠绵至死的执着，一种无怨无悔的钟情，深情至无以复加的地步，决绝到彻底无畏的牺牲。

此诗情绪由急到缓，由喷薄而出直抒胸臆的情感宣泄到缠绵悱恻哀感动人，又由沉郁到一线光明，柔肠百转，宕荡起伏，极尽曲婉之妙，实为千古之绝唱。

3. 不识庐山真面目

而一代文豪苏轼的七绝《题西林壁》同样脍炙人口。此诗寓意深刻，诗意隽永，耐人回味——

题西林壁

横看成岭侧成峰，远近高低各不同。
不识庐山真面目，只缘身在此山中。

元丰七年（1084 年）四月，48 岁的苏轼由黄州调任汝州，第一次游庐山，前后历时十余天，“山谷奇秀，平日所未见，殆应接不暇”，苏大师有感而发，对人生有了新的认识，写下了一组诗，《题西林壁》便是其中的一首。表面写景，骨子里却是谈哲理，诗意深远无穷，浅者不觉其深，深者不觉其浅，言近而意远。一句“只缘身在此山中”，道出了世间困惑与烦恼的根源，而这也是超然物外的一条蹊径。

不识庐山真面目，只缘身在此山中。如果鱼玄机早有悟性，早点明白这个道理，也许会适时抽身而退，将悲剧早早消灭在萌芽中吧。

之三十五　莫言云去处

送别

秦楼几夜惬心期，不料仙郎有别离。
睡觉莫言云去处，残灯一盏野蛾飞。

1. 别离

这是依依不舍的《送别》，这是一曲惜别的挽歌。如此无奈，又是如此惆怅低回。鱼玄机对李亿的痴情、专注与深情由此可见一斑。

秦楼几夜惬心期，不料仙郎有别离。

在阁楼上一连几夜缠绵惬意，相爱甚欢，谁知心上人还是要挥手别离。

睡觉莫言云去处，残灯一盏野蛾飞。

睡醒后不知那朵浮云已飘往何处，卧房里只剩下惨灯一盏，野蛾乱飞。

梦回良宵，独对孤灯时，和李亿的日日夜夜全都浮现在鱼玄机眼前，那样亲切，又是那样遥不可及。想象越具体，思念越深切。惆怅之情、凄凉之感一齐涌上心头。

漫漫的人生可长可短。对于三十岁以后的人来说，十年八年不过是指缝间的事，对于年轻人而言，三年五年就可以是一生一世。而对于痴情的鱼玄机来说，和李亿在一起的三五个月甚至三五天，也许就是她的一生一世。

晚唐诗人徐月英，这个飘零江淮的青楼女子，也有一首绝句《送人》，可以列入佳作之林——

惆怅人间万事违，两人同去一人归。

生憎平望亭前水，忍照鸳鸯相背飞。

这首诗颇有神韵，得之自然，毫无雕琢之意。平望是吴江上的驿亭，送人上船都在此地。“鸳鸯相背飞”是象征手法，与“两人同去一人归”巧妙对应。

2. 月上柳梢头

当时光流逝，到了典雅精致的大宋年间，又出现了一位号称断肠才女的朱淑真，这个生卒年不详的朱淑真，别号“幽栖居士”，有《断肠集》《断肠词》传世。一生为爱断肠的朱淑真，艺术才华与成就非比寻常，与同时代的才女李清照难分轩轾。

与鱼玄机一样，朱淑真也是一个浪漫的爱情至上者，追求理想的爱情成了她一生不变的使命。她在一首《元夜》记述与情人相会时的情景：

火树银花触目红，揭天鼓吹闹春风。
新欢入手愁忙里，旧事惊心忆梦中。
但愿暂成人缱绻，不妨常任月朦胧。
赏灯那得工夫醉，未必明年此会同。

这首诗描写了一对恋人追求自由的大胆与热烈、艰难与喜悦，文字之巧妙与抒怀之率直，与前朝鱼玄机、李治可有一拼。而她的成长经历与鱼玄机、李治有着惊人的相似，才貌出众，富有个性，敢于追求爱情，几乎是李、鱼的翻版。朱淑真是浙江海宁人，生于仕宦家庭，自幼聪慧，能书画，通音律，风景如画的钱塘（今杭州）是其流连之地。她无视闺帏的诸多禁忌，上元夜与心上人相会，春夏时又与恋人放舟西湖。

才华超群的鱼玄机、朱淑真、李治，只是她们那个时代众多女子中的一个，如果不是写下了那么多如泣如诉的诗句聊以抒怀，流传至今，她们的故事也许早就被埋没在历史的烟尘中，不为人知。这些凝聚着痛苦、思念和悲泣的诗句，使她们和她们的爱情得以在无数次地吟咏传诵中被无数次地放大复活，不知给了多少女子争取幸福的勇气！

之三十六　开径草重生

题任处士创资福寺

幽人创奇境，游客驻行程。
粉壁空留字，莲宫未有名。
凿池泉自出，开径草重生。
百尺金轮阁，当川豁眼明。

资福寺

这首五律是鱼玄机为任处士创建资福寺而题写的诗。处士，没有做官或虽有征召但不肯出来做官的士人。

幽人创奇境，游客驻行程。

首联。任处士创建了一片奇妙灵境，游客们到此都驻足停留。

粉壁空留字，莲宫未有名。

颔联。墙壁上留下了许多笔墨，但寺院至今还没有名字。

凿池泉自出，开径草重生。

颈联。凿了池塘甘泉便喷涌而出，开出了道路，野草重又滋生。

百尺金轮阁，当川豁眼明。

尾联。寺院里的佛阁高耸百尺，登高望渭水，眼前豁然一亮，视野开阔。这首五律就艺术而论，资质平平，除了对仗工整，中规中矩，并没有什么特别之处。从这首四平八稳的诗句中，倒是可以感受到鱼玄机平稳的心态，适应了出家人清寂的生活。

之三十七　何事能销旅馆愁

和友人次韵

何事能销旅馆愁？红笺开处见银钩。
蓬山雨洒千峰小，嶰谷风吹万叶秋。
字字朝看轻碧玉，篇篇夜诵在衾裯。
欲将香匣收藏却，且惜时吟在手头。

1. 是谁拨动了她的心弦

这首七律鱼玄机究竟是和哪位友人的诗？究竟是谁的诗让她这般珍爱，如同珍宝深藏心底？是倾慕已久的才子，还是一见钟情的郎君？让她如此不吝笔墨，赞不绝口。

何事能销旅馆愁？红笺开处见银钩。

首联开门见山，道出了友人在鱼玄机心中的地位。如何才能消解飘零人生中的忧愁？如何才能忘怀人世间的悲苦，只有打开题诗的红笺，仔细拜读友人美好的诗句，这些忧苦才能释然。

蓬山雨洒千峰小，嶰谷风吹万叶秋。

颔联进一步赞美友人的才情。你的诗句犹如蓬莱仙山送来的春雨，滋润千山万峰；又如昆仑山谷吹来的西风能使草木顿失翠绿，一夜成秋。这种夸张的比喻，毫不吝惜的赞美，不加掩饰的欣赏与爱慕自然流出。蓬山，传说中的蓬莱仙山。嶰谷，昆仑山北谷。嶰谷风，指的是寒冷的西北风。

字字朝看轻碧玉，篇篇夜诵在衾裯。

颈联细腻描述自己对友人这些诗篇的珍爱。清晨，阅读你的诗句，在我的眼里，它们比翠生生的宝玉还要珍贵美好。夜晚，吟诵您的篇章，直到入睡还不肯罢休，不忍停歇。

欲将香匣收藏却，且惜时吟在手头。

尾联继续抒发自己深切的爱慕之情。想拿香匣把它们一一珍藏，却又因为爱惜的缘故，把它们放在手边，以便随时吟阅。

所谓情人眼里出西施。是谁让鱼玄机心中掀起爱意，让她的理智再次俯首称臣，让位于情感。钟惺在《名媛诗归》中评曰："怜惜爱护，宛转入情，如此到家。觉他人鉴赏，皆浮浅粗俗，辱没没得多也。"

2. 总向红笺写自随

薛涛也曾给自己深爱的元小弟写过多首诗，也曾惊风梦雨，花影人瘦。对于凰瞳蜂目，莹光浮焕的元才子，两人一别之后，悄无声息，敏感的薛涛起了疑心。她说，梓州垂钓竿，元稹是狂客。江陵蜀天外，重山远水隔。风流成性的元才子让她彻底冷了心。

薛涛晚年移居成都西北的碧鸡坊，在坊内建造吟诗楼，着女冠服，栖息楼上，吟诗制作桃花笺。历尽沧桑的她，暮年皈依道门。这是她自已选择的归宿，也是命运的终局。乐妓加女冠，这样的命运几乎是不幸中的大不幸。但造化弄人，身世凄凉、内心孤寂的她，失去了一般女子应该得到的婚姻、家庭与幸福，却获得了连男子也难以达到的才名。贞节坊前、名教簿上没有她的名字，但中国文学史上却留下了她不朽的诗句。对于这个才貌绝佳的女子来说，这实在又是不幸中的万幸。

一千多年后，清末光绪年间的陈矩在《灵风草堂》的“题词”中说：“冰丝鲛绡，巧丽清奇，本良家女，比竹调脂，劈波采霞，光彩离离，词坛酒垒，名重当时。”这位《洪度集》的最后一个刊刻者，在薛涛青灯孤影的寂寞晚景中，看到了一个女子苍竹般的清心志节。

而鱼玄机独独缺乏薛姐姐的冷静理性。这样的天真任性，如果碰到了像纳兰容若这样才貌双全的好男人，便会惊叹其出水芙蓉般天然去雕饰，会用心呵护，万般珍惜。即使遇不到这样十全十美的好男人，退而求其次的话，遇到吴藻老公那样默默包容的男人，也会得到尽心尽力的欣赏、宽容与体贴。但事实是，鱼玄机碰到了女人最不肯面对的现实：嫁了狠心郎，当了没名分的小妾，最后像破抹布一样被匆匆丢弃。

谁也想不通的是，这个令人怜惜的弱女子最后竟成了杀人凶手。更让人想不通的是，她杀的不是让她人生破灭的李亿，而是伺候自己的婢女，一个年轻漂亮的姑娘。她的放荡、刚烈、极端，总让我想起《红楼梦》里的尤三姐。当然，她不如人家三姐，人家毕竟当着心上人柳湘莲柳公子的面，拔剑自刎，以死志义，让心上人抱恨终生，从此遁入空门。而鱼玄机呢，却争风吃醋，不分轻重，为了影子大小的丁点儿破事儿，杀了跟随自己多年的绿翘。而罪魁祸首呢，人家李亿还是老婆孩子热炕头，滋滋润润过着自己的日子，该吃吃，该喝喝，游山玩水，好不自在。可她呢，却是青春年华，性命委地。

可惜！真真让人一声叹息！

之三十八　远浪涨江湄

期友人阻雨不至

雁鱼空有信，鸡黍恨无期。
闭户方笼月，褰帘已散丝。
近泉鸣砌畔，远浪涨江湄。
乡思悲秋客，愁吟五字诗。

1. 孤独的背影

这是鱼玄机等待朋友相会，却被风雨所阻挡，有感而发的一首五律。

雁鱼空有信，鸡黍恨无期。

首联。雁鱼白白送来了朋友前来探访的信息，杀鸡煮黄米饭忙活了半天，但这一场雨却阻隔了相见，相会变得遥遥无期。雁鱼言空，恨之；鸡黍待之，见友情。

闭户方笼月，褰帘已散丝。

颔联。等待月亮慢慢升起，关门时乌云刚刚遮住了月亮，等到掀帘探看时，窗外已是小雨细密如丝。关窗、掀帘动作暗喻倚窗期盼之情。

近泉鸣砌畔，远浪涨江湄。

颈联。听见近处的泉水在台阶边鸣响，远处的江浪高高翻滚，江水猛涨，扑打着岸边。江湄，江岸边，湄，水草相接的地方。

乡思悲秋客，愁吟五字诗。

尾联。思念家乡悲秋伤秋的人，只能愁吟五言律诗，来抒发自己的心情。

鱼玄机的《期友人阻雨不至》对仗、用典手法，巧妙工整。整首诗情绪步步渐起，先是期待，杀鸡煮米，期待朋友来访；本来明月当空，转而秋雨骞然而至；接着雨势越来越大，山泉奔泻的轰鸣声似乎近在阶前，远处浪涛滚滚，急剧上涨的江水似乎漫上了堤岸。如此秋夜大雨，友人更不能来了！期盼相见的鱼玄机，至此已是彻底失望了。此时，思乡之愁，孤独之感，悲秋之情一起涌上了心头，这首“持思翩翩，尚有余恨”的五律便在此心绪中酝酿而生了。而鱼玄机孤独寂寞的身影，也在这个秋雨连江夜显得尤为孤寂和清冷！

2. 高山流水觅知音

知音难觅，千古共嗟。故韩文公愈《别知赋》云：“惟知音之难得，斯百一而为收。”友情是诗歌创作的一大主题。古人云，妻子如衣服，朋友如手足。看来朋友要远比老婆重要。而友情，又常常在送别中得到升华。

送杜少府之任蜀州

王勃

城阙辅三秦，风烟望五津。

与君离别意，同是宦游人。

海内存知己，天涯若比邻。

无为在歧路，儿女共沾巾。

这首赠别名作，与一般送别诗充满伤感情调迥然不同，有一种奋发向上的精神。诗中“海内存知己，天涯若比邻”，使友情升华到一种更高的美学境界。全诗抑扬顿挫，壮阔谨严。从平仄，押韵来看，这首诗符合五律的要求，但在对仗上却和后来标准的五律有异，即首联对仗，颔联散行。这正表明初唐律诗还没有定型的特点。

王勃虽命运多舛，历经挫折，但毕竟年少，其诗情思矫健、语调明快，离别之诗中全无消沉之调。李白的五律《送友人》延续了这样壮阔的胸臆——

送友人

青山横北郭，白水绕东城。

此地一为别，孤蓬万里征。

浮云游子意，落日故人情。

挥手自兹去，萧萧班马鸣。

丈夫非无泪，不洒离别间。北郭东城，青山绿水，连绵相接，明艳秀丽，动静相宜。颔联一副流水对，化缠绵为悲壮。颈联抓着眼前的浮云落日，传达适度的离情：去者如浮云，随意飘游，志在四方，好不潇洒。

日之落山，霞光万丈，无悲凉之气，却添壮丽之色。挥手道别，勒马疾驰，仰听萧萧马鸣……全诗声色俱佳，节奏明快，感情真挚热诚又豁达乐观，毫无颓废消沉之意。这哪里是惆怅的别离，分明是一场壮别，把王勃的“无为在歧路，儿女共沾巾”渲染得更有声有色。

李白一生，几乎在漫游中度过，远游的生活显然不利于家庭稳定，尽管他曾先后娶过四个妻子，但都无法得以善终。关于李白之死，也众说纷纭。普遍流传着三种说法：醉死、病死、溺死。豪放的《将进酒》，也许是他诗酒人生最恰切的写照——

将进酒

君不见，黄河之水天上来，奔流到海不复回。
君不见，高堂明镜悲白发，朝如青丝暮成雪。
人生得意须尽欢，莫使金樽空对月。
天生我材必有用，千金散尽还复来。
烹羊宰牛且为乐，会须一饮三百杯。
岑夫子，丹丘生，将进酒，杯莫停。
与君歌一曲，请君为我侧耳听。
钟鼓馔玉不足贵，但愿长醉不复醒。
古来圣贤皆寂寞，惟有饮者留其名。
陈王昔时宴平乐，斗酒十千恣欢谑。
主人何为言少钱，径须沽取对君酌。
五花马，千金裘，

呼儿将出换美酒，与尔同销万古愁。

鱼玄机的小情小调摆在大开大合的李太白面前来说，简直是小巫见大巫。终是小女子的七情六欲，连她的哀愁和幽怨也显得那么孤陋寡闻，拘谨阴柔。但恰恰是这般的婉转绮靡，给中国文学在雄浑壮阔之外平添了几分清新旖旎之美。

第五部分

一晌贪欢

之三十九　焚香出户迎潘岳

迎李近仁员外

今日喜时闻喜鹊，昨宵灯下拜灯花。
焚香出户迎潘岳，不羡牵牛织女家。

1. 喜悦

李近仁员外，究竟是何许人，众说不一。有人认为他是鱼玄机出家后的新识，也有人认为其实就是她的丈夫李亿。但从这首诗中流露的浓厚情感而言，两人情感绝非一两日的新欢，应是配合默契的旧爱。李亿的可能性极大。

今日喜时闻喜鹊，昨宵灯下拜灯花。

这两句使用了复辞的修辞手法，喜悦之情，溢于言表。首句连用两个“喜”字，第二句中连用两个“灯”字，使诗句在缠绵重复中呈现了流转如珠的音律美，突出了情绪的欢快激昂，给人以喜气扑面之感。

复辞就是所谓“交错之体”，即为重出。重出者，谓一句或一首诗中，一字或数字再现之谓。行文遣词，诗文家皆避重出，然有时却以重出为能。鱼诗重出的地方达12处之多，也绝非偶然现象。反而因拙生巧，强化了诗句所突出的情调。

焚香出户迎潘岳，不羡牵牛织女家。

欢欢喜喜，恭恭敬敬。焚香出门去，果然迎到了思念已久的情郎，鱼玄机的心中荡漾着“只羡鸳鸯不羡仙”的快乐情愫。

这样少女般轻快欢欣愉悦的心情，在鱼诗中是难得一见的。李亿的突然到来，将鱼玄机心中的不快、烦恼、痛苦、忧愁，统统一笔勾销，无踪无影。以前所有的痛苦都纷纷化成了不期而至的惊喜。

幸福来得如此之快！又是如此轻易！鱼玄机就像一个得了健忘症的孩子，将之前李亿狠心又冷漠抛弃自己的恶行全然忘记！爱情中的女人彻底昏了头，失去了最基本的辨别力。

2. 心事

不妨设想当时李、鱼二人再次相见的情景——

鱼玄机吃罢晚饭，收拾停当，天色已晚，便点上灯，在灯下看了会儿书。今儿也不知怎么了，油灯灯芯上竟结成了灯花，按照民间的说法，应是有喜事。鱼玄机暗想，都出家到咸宜观这么长时间了，还能有什么喜事呢？莫非，是老公回心转意来看我？……这样一想，心绪不免乱了起来，刚刚淡忘的伤心事，便又重新涌上心头，让她禁不住地连连叹息。

此时虽已暮春，但到了夜里，仍不免有些凉意。鱼玄机起身到了窗前，倚窗向外探看，只见一轮圆月已经高悬夜空，那么明亮皎洁，只是圆满得令人无法相信。这样的月夜，该是有情人欢聚的时刻。鱼玄机仰望夜空，忍不住想念那个至今没有出现的老公李亿，他现在哪里？在做什么？是和朋友聚会还是和裴氏家长里短或一起数星星？

一阵凉风扑面而来，遥远的思绪又拉回了眼前。鱼玄机心里一冷，赶紧关上了窗。又吹灭了灯，和衣睡下。思绪纷乱，可哪里睡得着呢？鱼玄机强迫自己闭着眼睛不去乱想，可哪里管得住自己呢？思想的野马跑了很远，直到和李亿第一次相见之时，才戛然凝固。然后又开始一幕一幕地回放。桃花、山林、清泉、李亿的微笑、漂亮的阁楼、浪漫的诗文游戏……

窗外传来几声鸟的梦呓，让鱼玄机回到了现实。唉，怎么这么不争气呢？怎么这么贱呢？鱼玄机连连骂着自己，出家这么长时间了，怎么还六根不净，尘缘未了，总是思凡呢？

在轻轻的叹息中，鱼玄机渐渐睡去。

时间过得就是这么快，一眨眼的工夫，天就亮了。月亮下去了，太阳升上来了。鸡叫了三遍，鱼玄机也起床了，一番洗漱之后，她慵懒地坐下来，梳着头发，仔细端详着镜中的自己。

镜中人是谁呢？这个不施脂粉，青春美丽的女子，怎么就成了小女冠了呢？鱼玄机望着镜中的自己，伸出一双纤纤的素手，抚摩着自己肌肤微丰的面庞，只见眉不画而翠，唇不点而红，眼神顾盼流波，让人过目难忘。就在她顾影自怜、孤芳自赏之时，窗外突然传来了一阵阵喜鹊的叫声，叽叽喳喳，那么欢快。莫非真有什么喜事吗？鱼玄机自言自语，起身来到窗前，推开窗户，只见春光明媚，春花飘香，多么愉快的早晨！多么美好的春天！

3. 相见

鱼玄机简单吃完了早饭，随手拿起一卷《道德经》慢慢翻看。此时，喜鹊再叫，鱼玄机的心情也随之轻快起来。她起身，恭恭敬敬地上了一炷香，点上了，烟雾缭绕，一股暖暖的幽香渐渐弥漫而来。面如春花的鱼玄机推门而出，漫无边际地四处走走，四处看看，这四月的春光究竟多美。

正当鱼玄机兴冲冲准备出游时，奇迹出现了。一个身影，一个熟悉的身影，一个朝思暮想的身影出现在她的面前，那么突然，犹如天女散花从天而降，那一刻，鱼玄机的思维已经停止，成了一团凝滞的糨糊，她就僵在那里，定定地看了李亿不知过了多久。

亲爱的，宝贝，我来啦。我来看你啦。李亿亲密地拍打着鱼玄机的肩膀，亲切得没有一点隔膜，腻歪地如天天同床一梦。鱼玄机此时，委屈、思念、忧伤、怨恨，万箭齐发，眼泪止不住扑簌而下，转眼成了泪人一个。

鱼玄机这一哭，李亿心里有底了。他最怕的，一是老婆裴氏的拳头和咆哮，二是鱼玄机的冷面无语。鱼玄机这一哭，说明她还没有怨恨到绝望，至少还有重温的余地。李亿这么一想，就定了定神说，宝贝，咱们进去说话，这里人多嘴杂，让人看见不好。

鱼玄机一边垂泪，一边就摔摔打打地跟着李亿进了屋。李亿进屋之后，先是四处打量、考察了一番鱼玄机的生活环境，然后说，亲爱的，这里条件还不错，你在这里修养，我也心安了！就是一直放心不下，特来看看你。你看，我还给你带了你喜欢吃的零食。李亿边说，边从行囊里掏出了瓜子、话梅、春盘、杏酪和松花饼。

听李亿这一番话，鱼玄机哭得更起劲了。这一哭，撒娇、委屈占了主流。李亿一下子就明白了，眼前这个梨花苛雨，比裴氏不知漂亮多少倍的可人儿，是默认了，原谅他了。

这么着，他便用力将曾被自己狠心遗弃的李家二太太揽入怀中，鸳梦重温。

之四十　阮郎何处弄船归

闻李端公垂钓回寄赠

无限荷香染暑衣，阮郎何处弄船归。
自惭不及鸳鸯侣，犹得双双近钓矶。

1. 倾慕

话说鱼玄机闲居咸宜观，等待与李亿破镜重圆，而信誓旦旦的李亿却只来看了她一次，便匆匆离去，不知去向。

久候不来，鱼玄机渐渐死了心。思来想去，她还是想不通自己如花似玉、才情超群，何以被李家休掉，性情率直的她实在气愤不过，什么“素心人对素心花”，什么“一片冰心在玉壶”，统统都见鬼去吧！于是鱼玄机心一横，索性打出了一则“鱼玄机诗文候教”的广告，这大胆的宣言，不到几天工夫，就传遍了长安，自认有几分才情的文人雅士、风流公子，纷纷前往咸宜观拜访鱼玄机，谈诗论文、品茶论道、煮酒谈心，好不开心。岂料这短暂的逍遥并没有给鱼玄机带来真正的快乐，反而招致了毁灭性的厄运，而她也因此蒙受侮蔑与诟病长达千年之久。

李郢便是鱼玄机发布神女宣言后所结识的众多名士之一。鱼玄机听说李端公钓鱼回来便寄诗相赠，在这首七绝中大胆表露了自己的钟爱之情。

无限荷香染暑衣，阮郎何处弄船归。

无边的荷叶荷花香染您夏日的单衣，您从何处垂钓回来，将舟船停泊在岸边？一句“阮郎何处弄船”浸透了鱼玄机的多情与缠绵。

自惭不及鸳鸯侣，犹得双双近钓矶。

自惭形秽，一心羡慕成双成对的鸳鸯，它们还能双双游近、栖息在您垂钓的石矶。“犹得双双近钓矶”，鱼玄机以夸张的手法，表达自己对李端公的一片倾慕之心。

2. 李端公

那么李端公究竟是何许人，直令才美过人的鱼玄机如此另眼相看，暗诉衷情？

李端公（李郢）也非等闲之辈，他品行端正，工于诗，理密辞闲，写景状怀，使人不能释卷。他酷爱钓鱼，不善官场钻营，比鱼玄机大约年长 27 岁，也是鱼玄机的长安同乡。20 岁时，他畅游洛阳，拜见裴度，献七律两首，诗名渐著。34 岁时，被杜牧招往湖州把酒论诗。35 岁时，在汴州（今天的开封）与李商隐唱和数日，被李商隐评为“人高诗苦”。39 岁之前，这个诗坛苦吟派生活中一样清苦孤单。39 岁时，也就是鱼玄机 12 岁时，李端公终于结束了单身生活，在杭州成婚，步入婚姻殿堂。接着喜事连连。第二年，他 40 岁时，进士及第。从此在长安做官达十年，做到了侍御史。大约天命之年一度弃职回家。63 岁时，因躲避黄巢农民军，求入淮南节度使幕府，但在去扬州就职途中染病，死在镇江。而此时鱼玄机作古已近十年。李郢曾写有《南池》一诗：“小男供饵妇搓丝，溢榼香醪倒接。日出两竿鱼正食，一家欢笑在南池。”

鱼玄机写作这首诗时，李端公已近天命，有家有室，生活和睦，仕途平稳，“出有山水之兴，入有琴书之娱”。按现在的说法，当属有生活、有品位、有品质、有地位的成功人士，鱼玄机看中他不无道理，她需要的就是这样一个知音伴侣。而李端公呢本为风雅之士，但毕竟是仕途中人，对一个年轻貌美能诗能文的鱼玄机，只是当作了休闲生活中的一个短暂休息或者一段浪漫的茶歇。一个大器晚成，好不容易混入官场的成熟男人，深谙官场规则，怎么肯娶那么热情洋溢又那么美貌多情的小女冠呢？！无形的舆论压力，也让他忘而却步。况且他年岁已大，也不想劳神让自己的生活陷入混乱。这种于情于理都勉为其难的事情，只有无奈放弃。

3. 私奔

以仕途为重，以前程为重，并不是李端公一人的价值取向，几乎是绝大多数男人的首要选择。西汉辞赋家、音乐家司马相如便是其中的一个。

话说大家闺秀卓文君，才美双全，她“眉色远望如山，脸际常若芙蓉，皮肤柔滑如脂”，更兼善琴，文采亦非凡。在遇到司马相如之前不幸新寡，司马有一次做客卓家，在大堂上弹唱其著名的《凤求凰》——

凤兮凤兮归故乡，遨游四海求其皇。

时未遇兮无所将，何悟今兮升斯堂！

有艳淑女在闺房，室迩人遐毒我肠。

何缘交颈为鸳鸯，胡颉颃兮共翱翔！

这般直率、大胆、热烈的措辞，让躲在帘后倾听的卓文君闻之怦然心动。与司马会面之后更是一见倾心，但富贵望族卓家是不会把女儿嫁给一事无成的弹唱小子。敢爱敢恨的卓文君不顾家人阻拦，上演了一场才子佳人双双私奔的传奇故事，成就了千古佳话。这比唐朝的红拂夜奔至少早了七百多年。

等两人私奔到司马家乡成都之后，卓文君才明白父母的反对其实还是有道理的，婆家实在穷困潦倒，家徒四壁，根本无法生存。卓文君也不怕人家笑话，拉着私奔的老公又奔回了自己娘家。司马看曾经的金枝玉叶当垆卖酒，在一旁窃喜，庆幸自己娶对了老婆，爱面子胜过爱生命的岳丈也承认了俩人的婚事。后来又出钱让司马求仕，结果穷小子终于如愿得到朝廷重用。发迹了的司马久居京城，夫妻长期两地分居。官场得意的司马大人，哪里还记得千里之外的糟糠之妻，忽又觉得审美疲劳，萌生了弃妻纳妾之意，独守空房的卓文君不得不吟出那著名的《白头吟》——

闻君有两意，故来相决绝。

愿得一心人，白头不相离。

之四十一　禅心笑绮罗

酬李郢夏日钓鱼回见示

住处虽同巷，经年不一过。
清词劝旧女，香桂折新柯。
道性欺冰雪，禅心笑绮罗。
迹登霄汉上，无路接烟波。

1. 清词劝旧女

这是鱼玄机酬答李端公夏日钓鱼归来后示知的话。但李郢究竟给鱼玄机写了什么，历史上没有留下记载，我们不得而知，只能从鱼玄机的这两首诗里探其踪影了。

住处虽同巷，经年不一过。

首联。尽管居住在同一条街巷，可一年中难得有一回拜访。李端公家有妻室，仕途稳定，但与鱼玄机的关系，从这些词句里透出的信息来看并不见得有多亲密。

清词劝旧女，香桂折新柯。

颔联。您用清新的词语劝勉我这个遭人遗弃的女子，羡慕您登上新的科第。唐朝进士及第后，还可以参加博学宏词、拔萃等科的考试。四十岁才进士及第的李端公，可谓大器晚成。

道性欺冰雪，禅心笑绮罗。

颈联。您的品性胜过高洁的冰雪，面对您寂定的禅心，那些庸人自扰、自作多情的女子多么令人见笑。此联流露出一种自嘲的隐意：鱼玄机此前的探寻、追求和表白，极有可能被成功人士李郢所婉拒。据说，他曾流露出不纳妾的意思，明摆着，鱼玄机当人家小妾的可能性几乎为零。

迹登霄汉上，无路接烟波。

尾联。您远在云霄天河，高不可攀，遥不可及，我只能远远相望，高山仰止。

2. 恭敬不如从命

鱼玄机给李端公李郢的两首诗，与给温老师、李亿等人的诗，格调大不相同。怎么说呢？尊敬仰慕之情、殷勤恭维之意、表白探寻之心，恭敬得如同一个小女生面对自己暗恋已久的精神导师。又如一个胸无大志的天真女孩，正在试探一个阅尽人间世故的中年人的心意。

恰恰这种深深的恭敬意味着两人之间的关系并没有达到那种亲密程度。这里，既没有对李亿的彻骨思念和不见的忧愁，也没有对温老师的那种无话不谈。这说明了什么呢？一是鱼玄机与李郢的关系还处于起步阶段，鱼玄机初试其情，但似乎李郢并不接招，只是有礼貌地委婉推辞。二是鱼玄机与李郢能否维系一般的友情，也是一个未知数。总之，鱼玄机与李郢的关系，也许不像许多人想象的那样，曾经有一段花前月下的蜜月期。

其实这两人的关系很简单，一个中年男子在官场忙碌之余，给了一个有才华的漂亮小女冠一点人生启迪，两个人偶尔谈点诗文，如此而已。也许，这个男子一度曾认真考虑了小女冠的试探和表白，很认真地对小女冠说，“如果我再年轻20岁，哪怕10岁，就娶你了，肯定会娶的，但是……”

李端公的“如果”，给小女冠留了点面子，但这个面子很牵强，基本没什么意义。换到以前，鱼玄机还会把这个“如果”当成现实的承诺，会抱着这个热罐子，一直等下去。可现在的鱼炼师不会了。她从不缺等待，她缺的是真心的爱。

3. 何由劳相忆

而鱼玄机这样不顾面子的大胆表白呢，在她的前辈李治身上，也曾有过。话说李治与茶仙陆羽为好朋友，多情的她给陆羽写诗，也给陆羽的好友皎然写诗。但皎然是什么人呢？人家乃倾心于诗艺茶道的一介僧人，“禅心已作沾泥絮，不逐东风上下狂”。跟不搭调的和尚与女冠的荒唐故事，扯不上任何瓜葛，绝不给任何绯闻提供任何可乘之机。

一次女冠季兰到杼山登门拜访皎然，性之所至，就说了些常相忆的亲密话，但儒僧皎然一点不为所动，只是给李治写了一首诗，算是回答：

常随山上下，勿限江南北。

共是忘情人，何由劳相忆。

李治与这些名士的交往，因有了诗文和茶，更显洒脱和逍遥。而鱼玄机结交的大多是官场中人，而且多是曾经沧海的老男人，不免世俗之气、应酬之意较重，而鱼玄机性情直率，不善周旋，没有薛姐姐那样周全的礼数，也不像李治多与散漫的艺术家混在一起可以无拘无束无所禁忌，鱼玄机的社交生活远不是我们想象的那样轻松浪漫，如鱼得水。

但这种生活毕竟给她打开了一扇门，让她从悲悲切切、自怨自艾的小天地里走了出来，来到了花花绿绿、纷乱复杂的外面世界。面对这个充满诱惑的世界，一向任性的鱼玄机无所适从，最终走向了毁灭。

从这个意义上说，道观从修行之地演变成了世俗的交际点，实在大大超出了我们的想象。大唐盛世，佛道盛行，因为道家的始祖老子姓李，李唐家族就认了亲。唐太宗曾下诏明示“道士女冠可在僧尼之前”。道教既成国教，人们势必趋之若鹜。后妃公主进入道观修行者比比皆是，名门闺媛也多争相出家做女冠。加上，道士女冠享受十方供养，衣食无忧，又没有劳役之苦，对于很多出身微贱的女子来说，还是相当有吸引力的。于是出现了这样壮观的景象：上自公主、贵族，夫人、小姐，下至放出来的宫人、弃妇及色衰的妓女等各色人等，纷纷加入女冠的行列，一时间，道观香火云集，盛极一时。

据史料记载，当年鱼玄机是“志慕清虚”，因此出家为道。但实际上，唐代女冠的生活并非是青灯黄卷、寂寞深山。就女冠来说，还有一个吸引眼球的是可以不受束缚，自由随意。但道观也不是没有一点门槛，不是所有人想来就可以来的，唐代明文规定，对于不会识字念经的人，官府会强制还俗。也就是说，道观的大门主要是向有知识有文化的扫眉才子开放。看来，才貌双全的女子还是备受社会认同的。

盛世出盛景，大唐博大包容的羽翼之下，孕育了不少奇人奇事。不管出于什么样的原因，道观不拘一格的自由生活，吸引了不少女子的目光。李冶、薛涛、鱼玄机这些才情冠世的奇女子最终都当了女道士，以女冠之身结束了悲剧的一生。她们留下的那些忧伤的诗句，让人们看到了热闹繁华之后，清冷的背影与孤寂的灵魂。

之四十二　清吟日色间

和人次韵

喧喧朱紫杂人寰，独自清吟日色间。
何事玉郎搜藻思，忽将琼韵扣柴关。
白花发咏惭称谢，僻巷深居谬学颜。
不用多情欲相见，松萝高处是前山。

不用多情欲相见

女冠的生活自在无拘，可以随意交往，加上鱼玄机又曾极不明智地宣称期待与天下有才之士谈诗论道，按照世俗的眼光，凭直觉一定认为这个不甘寂寞的女冠绝非善类，不少游蜂浪蝶因此前来嬉戏追逐，也是情理之中。这首七言排律就是在鱼龙混杂的包围之下，鱼玄机的一番不蔓不枝的自我表白。

喧喧朱紫杂人寰，独自清吟日色间。

首联，对比鲜明。一边是身穿紫袍的贵人们前呼后拥好不风光，一边是鱼玄机在日光下独自吟咏好不清寒。

何事玉郎搜藻思，忽将琼韵扣柴关。

颔联。为什么你搜罗了华美的辞藻不去逢迎拜见权贵，却大驾光临来敲响我寒酸的柴门？

白花发咏惭称谢，僻巷深居谬学颜。

颈联。活用典故，降低姿态，低调自谦。您说我有谢道韫那般的咏絮之才，我自惭不如；说我如孔子学生颜回隐居僻陋之巷，更让我汗颜。

这些自谦的诗句，与其说是鱼玄机低调有自知之明，倒不如说任情的鱼玄机，想必一定不喜欢这个巧舌如簧的才子。比起曾经的老公李亿、比起温老师、比起酷爱钓鱼的李端公，言过其实的一味吹捧，只能显得太过浅薄。似乎鱼玄机更喜欢人品端正、才华横溢的成熟男性。

钟惺在《名媛诗归》中有如下批语："想玄机一代才色，当时奔走慕悦之者不少，亦如今时强为诗篇，卖弄才学，欲以自衔耳，故玄机亦直以此嘲之。然其语气和缓，亦不甚矜张，故此辈亦未之悟会也。细味其词气，亦刻薄殆尽矣。要之，此种语言文字中解不得几分，亦何怪其蚩蚩也！由此思之，古今人不甚相远。"

不用多情欲相见，松萝高处是前山。

尾联。与冒充风雅，心怀不良之流的周旋，已到了不能忍耐的程度，而诉之于直斥：请不要自作多情，我不会接待你；想做茑萝攀附松岩，前面有朱门大院，请另就高明。全诗一扫柔曼纤丽，表现出男儿气概。今读之，犹有扫荡魑魅的猛厉。但对真正的知音，鱼玄机却珍惜情谊，如《酬李学士寄簟》里的深情寄语：

珍簟新铺翡翠楼，泓澄玉水记方流。
唯应云扇情相似，同向银床恨早秋。

没有清规戒律的约束，小女冠的日子并不会清净到哪里。皇甫枚在《三水小牍·绿翘》中说：“于是风流之士，争修饰以求狎。或载酒诣之者，必鸣琴赋诗，间以谑浪，懵学辈自视缺然。”

鱼玄机的此番表白，让我看到了她的另一面，追求爱情，却并非来者不拒。多情却并非滥情。她态度不卑不亢，语气并不嚣张，但却毫不客气，针针见血。从此诗中，可以领会到她“谑浪”的风采，也能想象到那位玉郎“自视缺然”的神态。鱼玄机就是这样的爱憎分明，喜欢和不喜欢，一目了然，不会虚伪得遮遮掩掩。这是她的风格，换了薛涛就会委婉得多。

女冠，戴冠披帔，本是身份庄重，她却是一副眼波流连，春情荡漾的姿态，言语间放浪戏谑。这样矛盾和冲突，对于我们有限的想象力和接受力来说的确是一种考验和挑战。

之四十三　叔夜莫独斟

次韵西邻新居兼乞酒

一首诗来百度吟，新情字字又声金。
西看已有登垣意，远望能无化石心？
河汉期赊空极目，潇湘梦断罢调琴。
况逢寒节添乡思，叔夜佳醪莫独斟！

1. 叔夜佳醪

这首七律是鱼玄机依原韵奉和西邻新居，并且讨酒食。有人曾推断这一西邻新居有可能是鱼玄机中意的山西才子左名场。因为在另一首七言排律《左名场自泽州至京使人传语》中有“忽喜扣门传语至，为怜临巷小房幽”这样的诗句。这种推断倒是很有道理。毕竟，鱼玄机多情还不至于滥情，能向西邻新居讨酒，说明两人关系不同一般。

一首诗来百度吟，新情字字又声金。

首联。你寄来的诗我读了千百遍，仍然字字清新，如金声玉振，令我难忘。

西看已有登垣意，远望能无化石心？

颔联。看来你已有登上墙头表达爱慕之意，我岂能心如铁石不为所动？

不仅连用两个典故，而且对偶工整。第一个典故出自《登徒子好色赋》，赋中写登徒子在楚王面前诋毁宋玉好色，宋玉则以东家邻女至美而其不动心来反驳：“然此女登墙窥臣三年至今未许也。”

第二个典故出自望夫化石的传说，一般用来比喻妻子思念丈夫或者形容精诚之至。鱼玄机反意用之，自比为东家女，说西邻已有登墙窥己之意，我岂能无望夫化石之心。非常委婉地表达对西邻的爱意与精诚之心。

看来，两人的交情已经不浅，因为之前西邻就曾表达过对鱼玄机的倾慕之情。鱼玄机也是心有灵犀，两人甚是投缘。

河汉期赊空极目，潇湘梦断罢调琴。

颈联。银河茫茫，浩瀚无边，一年一次的相会期限太长，牛郎织女也只能遥遥相望。潇湘二妃追赶舜帝，而舜帝已死在苍梧，好梦难续，夫妻间那和谐默契的琴瑟也只好罢弹。

此联是说天上的牛郎织女、人间的帝妃，都不值得我们去羡慕，为什么呢？一是神仙眷属相聚短暂，二是人间帝妃不能长相守。言下之意，鱼玄机追求的是平常夫妻的小日子，相互依偎，贴心贴肺。此联为尾联引申的语义进行了铺叙。

况逢寒节添乡思，叔夜佳醪莫独斟！

尾联。况且正逢寒食节，又添乡思情，良宵佳节莫要一人独对，美酒莫要一人独酌。叔夜，美好的夜晚。佳醪，好酒，指汁渣混合的酒酿，引申为浊酒。

鱼玄机的此首七律，与《和人次韵》有明显不同。这不同主要表现在情绪、情调的变化。《和人次韵》面对的是她并不喜欢的人，此人极尽恭维，却似乎不怀好意，令鱼玄机难以忍受，甚至无法婉转地回绝，干脆直白地表达了自己的想法，也不怕得罪人。而《次韵西邻新居兼乞酒》就不一样了，鱼玄机和西邻情投意合，彼此心怀好感已久，也曾来来往往交流过多次，所以鱼玄机对他的诗赞不绝口，其实，友邻的诗未必有多高妙，只是情人眼里出西施。看来，鱼玄机是爱屋及乌了。

2. 月下独酌

说到良宵独酌，不能不提到李太白那首著名的《月下独酌》——

花间一壶酒，独酌无相亲。
举杯邀明月，对影成三人。
月既不解饮，影徒随我身。
暂伴月将影，行乐须及春。
我歌月徘徊，我舞影零乱。
醒时相交欢，醉后各分散。
永结无情游，相期邈云汉。

对于嗜酒成性，无酒不诗的太白来说，一个人月下独酌，一样自在逍遥。可鱼玄机做不到，对于她来说，把盏饮酒只是聊天抒怀的道具或者方式，她不在乎酒的味道和成色，她在乎的是跟她一起品酒的那个男人。一旦可以一起慢慢喝着淡酒，说着不咸不淡的话，那么鱼玄机至少心里已经喜欢了。在鱼玄机的世界里，没有灰色地带，非白即黑，要么爱，要么恨；要么喜欢，要么厌恶。总之，没有一点过度。这么鲜明的个性，在社会上和那些官宦名士混，能混出好来吗？不得罪个把人是不可能的。依鱼玄机这么直烈的性子，冲撞、挖苦、给人脸色、让人下不来台定是常有的事。所以后来，当她以戕婢而被杖杀时，就有不少人推测是因她行事不慎得罪了人，被嫁祸致死。这一推测，也有道理。

3. 步摇冠翠一千峰

而人家薛洪度是不会这么由着自己性子来的。当年，青春年少的她无意惹怒了四川节度使韦皋，结果被贬，薛涛明白了一个道理，就是做人一定要低调，尤其走运的时候更要学会夹着尾巴做人，端然沉着，张弛有度，把握分寸。切不可喜形于色，纵情任为。薛涛吃一堑，长一智，从此再没有犯同样的错误。她历经十一任镇守，陪酒伺宴，翩若惊鸿，诗书作答，语落惊人，可谓礼数周全，滴水不漏。虽然身在乐籍，却有“露涤清音远”的品格，“步摇冠翠一千峰”的襟怀。最终背负盛名，安然隐退。在她近半个世纪的诗酒生涯中，结识、应酬了无数的高官显贵，与人酬和的诗歌数不胜数。但从流传下来的作品中，却没有看到类似鱼玄机这样情绪跌宕的诗句。薛涛的诗句里，甚至不曾流露出她那温婉柔丽的女性特征。正如明人胡震亨所评，“薛工绝句，无雌声，自寿者相”。

如此一位难得的女诗人，自然声名远播。当时与她交游、唱和的诗人，有元稹、白居易、刘禹锡、王建、杜牧、张祜等都以此为荣。白居易赠薛涛诗说：“若似剡中容易到，春风犹隔武陵西。”委婉中流露一种仰慕之情。

杜牧寄薛前辈诗《题白蘋洲》说得更是直率——

山鸟飞红带，亭薇折紫花。
溪光初透彻，秋色正清华。
静处知生乐，喧中见死夸。
无多珪阻累，终不负烟霞。

年纪比杜牧大三十多岁的薛阿姨看了以后，想必一定百感交集，后来她以《酬杜舍人》诗回赠这个初露锋芒的晚辈——

双鱼底事到侬家，扑手新诗片片霞。
唱到白蘋洲畔曲，芙蓉空老蜀江花。

揣摩其意，不消说是很有些伤感的。虽说平日里出入豪门，吟诗交游，示人以快乐潇洒的形象，但美人迟暮，独处孤寂的心境，终是自己才能品尝的凄楚。薛涛比杜牧大 30 多岁，自然会感叹“芙蓉空老蜀江花”了。

此时，青楼文学逐渐兴盛，颓废之风弥漫于社会各阶层。薛涛鱼玄机等女诗人的活跃，显示了作者层的扩大与多样化，她们与文人名士绯闻流传，与男诗人唱和交游，而诗名得彰。

之四十四　未起蕙兰心

感怀寄人

恨寄朱弦上，含情意不任。
早知云雨会，未起蕙兰心。
灼灼桃兼李，无妨国士寻。
苍苍松与桂，仍羡世人钦。
月色苔阶净，歌声竹院深。
门前红叶地，不扫待知音。

1. 未起蕙兰心

这首五言排律，给那些认为鱼玄机放荡的评论不啻一记耳光。在这里，我倒没有为她翻案的意思。只是从她的诗句中看到了她的反省与坚持。

恨寄朱弦上，含情意不任。
早知云雨会，未起蕙兰心。

把遗憾寄托在朱弦清诗上，心里明白其实承受不了这样的绝望和失意。早知道李亿不过是暂时的云雨之意，那么当初就不该献出自己虔诚的爱。这是鱼玄机夜深人静，心如止水时的细思量。

灼灼桃兼李，无妨国士寻。
苍苍松与桂，仍羡世人钦。

对李亿的怨和恨依然还在，说明鱼玄机内心还无法忘记他。

月色苔阶净，歌声竹院深。
门前红叶地，不扫待知音。

当李亿一别而去，鱼玄机也日渐心灰意懒。道观里长着青苔的石阶在月光下是那么明净，翠竹环抱的院落在歌声中越发寂静幽深。门前地上落满了红叶，只是等待着知音的到来。

2. 不扫待知音

复归平静的鱼玄机没有放弃对幸福的憧憬，没有压抑自己体内活跃的荷尔蒙。她重又开始了虔诚的等待，等待真正的知己在红叶满地时叩响她的心扉。

李端公李郢便是一个。他是鱼玄机的邻居。在《闻李端公垂钓回寄赠》诗中，鱼玄机曾大胆地表达出对李郢的爱意："无限荷香染暑衣，阮郎何处弄船归？自惭不及鸳鸯侣，犹得双双近钓矶。"李郢人品端正，李商隐称其"人高诗苦"，正是鱼玄机寻找的知音伴侣。但身在仕途的李端公深知舆论的压力和礼教的约束，最终没有接纳有才有貌的鱼玄机。他们之间自始至终保持着一种距离。

渴望爱情的鱼玄机再度落空。稍后，左名场出现了，他的出场给鱼玄机带来了希望。他那一派贵公子风范和堂堂的容貌仪表，都酷似昔日的丈夫李亿。虽然她曾经怨恨过他的薄幸，但是内心中却始终忘不了他。左名场性情温和，和李亿一样，也是山西人。他从家乡远道而来，租住在鱼玄机住的那条巷子里，备考科名。一日，偶然看到咸宜观里有一美貌的小女冠，很是好奇，不免向人打听，这才知道此人正是京城赫赫有名的才女兼美女鱼玄机。

爱美好奇的左名场大胆登门拜访，在他踏进咸宜观的那一刹那间，她不由得一怔。迷离中仿佛以为是李亿回到了她的身边。身在异乡的左名场非常欣赏鱼玄机的才情，对她的诗句和美貌赞不绝口，而才女最怕遇见的就是懂得自己、懂得珍惜的男人。左名场似乎就是这样一个知心爱人。鱼玄机开始不知其根底，还有些提防，怕自己遇见的是李亿第二，因此对他颇有些冷淡。但人家左名场似乎并不在意，也不掩饰自己的爱慕之心，一来二去，两个人便不再生分，鱼玄机紧绷的那根弦放松了许多。

没有功名、不装蒜的左名场，让鱼玄机感受到了与李端公等德高望重人士的不同。和李端公这样的成功人士一起，鱼玄机不能翘尾巴，不能张狂，越淑女就越讨他们的欢喜。和左名场这样的布衣才子呢，鱼玄机无须装乖，不必察言观色，坦露本色，就足以让左名场惊为天人，拜倒在她的帔裙之下。

见到鱼玄机之前，左名场已有家室，对于女人的了解更多是来自老婆身上，相貌平平、性格粗疏、不善修饰、操持家务、喋喋不休、牢骚满腹……让他以为天下的女子大都是一脸幽怨的怨妇。见到鱼玄机之后，他才知道女人原来可以这么有才、可以这么美、可以这么活，全然忘了来京的目的，再没有心思挑灯夜读圣贤书了，结果是名落孙山。离别之日，左名场依依不舍和鱼玄机惜别，怏怏不乐地回到了山西老家。

鱼玄机对于左名场，也许内心有一种期待，期待着他能进士及第，两个人能有一个新的开始。就像当初幻想与李亿的未来一样，鱼玄机这次又将希望押在了落第的左名场身上，谁知最后奏响的依然是绝望。

3. 免教生死作相思

但曾相见便相知，相见何如不见时。如果没有相遇，哪里来得以后的故事呢？如果知道是这样的结局，又何必相恋呢。可冥冥中注定的爱情谁又能躲得开呢？从李亿、李郢，甚至到左名场……鱼玄机的期待统统落空了，只能悲哀而无奈地想，也许这就是命吧。

人世间的情感纠葛、恩恩怨怨，谁又能说得清呢？

在路上寻找自己，又在路上把自己忘记。即便我们看透了爱的一切，又有谁能拒绝爱的呼唤呢？

之四十五　雨夜同欢席

左名场自泽州至京，使人传语

闲居作赋几年愁，王屋山前是旧游。
诗咏东西千嶂乱，马随南北一泉流。
曾陪雨夜同欢席，别后花时独上楼。
忽喜扣门传语至，为怜邻巷小房幽。
相如琴罢朱弦断，双燕巢分白露秋。
莫倦蓬门时一访，每春忙在曲江头。

1. 春夜喜语

鱼玄机的旧邻左名场从山西泽州到京，托人给鱼玄机捎话，鱼玄机难掩欣喜之情，于是写下了这首七言排律。

闲居作赋几年愁，王屋山前是旧游。
诗咏东西千嶂乱，马随南北一泉流。

这几句描述了左名场在家乡泽州读书备考。几年来，闲居在家，一心苦读诗书。他在诗句里生动地吟咏了东太行西王屋的层峦叠嶂，足迹则踏遍了纵贯南北的甘泉水流。

左名场家在泽州，东北有太行山，西南有王屋山。泽州境内还有泫水，贞元元年（785 年），引入城，号“甘泉”。

曾陪雨夜同欢席，别后花时独上楼。
忽喜扣门传语至，为怜邻巷小房幽。

回忆了相聚的欢快与别后的忧愁。在一个细雨绵绵的春夜，曾相互陪伴，把酒言欢。分别之后，每年花开之时，鱼玄机总要独自一人在楼上静静远望。忽然听传话人敲响了柴门，传来了左名场的音信，他怜惜鱼玄机深居幽巷，一个人孤独寂寞。

相如琴罢朱弦断，双燕巢分白露秋。
莫倦蓬门时一访，每春忙在曲江头。

来人传话说，左名场夫妻分离，如今已是孤身一人。鱼玄机希望左名场闲暇时不妨光临寒舍，千万不要厌倦，她只是每年春天在曲江稍稍忙碌。

2. 曲江池

曲江池，是唐代长安人最主要的游览胜地，也是科举进士及第后的宴游之地。位于长安城的东南隅，它一半在城内，一半在城外，是一个长期积水而成的天然湖泊，“玉楼金殿，菖蒲莲舟”“花卉环周，烟水明媚”。每次进士及第的佼佼者在曲江池杏园聚会，《曲江池赋》描绘了当时才子佳人聚会的盛景——“翠画千家之幄，香凝数里之尘。王子公孙，不羡兰亭之会；蛾眉蝉鬓，遥疑洛浦之人”鱼玄机在此，饮酒赋诗，忙于交游酬和。

京城的科举考场，成了少年才子智力才华大比拼之地，拥挤的仕途一时显得很有情趣，也给长安城带来了生气。左名场便是无数渴望跳龙门的过江之鲫之一。鱼玄机的这首诗，将自己与左名场的关系表露得更为清晰。二人一别之后，仍时有联系，这次左名场托人捎话，将自己单身的信息传递给了鱼玄机。这个消息一定令鱼玄机很是惊喜。所以才写下了“莫倦蓬门时一访”，回忆了两人一起共度的细雨之夜。春雨夜，窗外细密无声的雨丝，屋内深情绵绵的男女，万籁俱寂的宁静，温柔欢快的情绪，这样的良宵，谁人不陶醉呢？

诗人与女冠的爱情就像是一则人为制造的花边消息，处处弥漫了香艳的气味，挑战着道德的底线，刺激着大家的眼球。这一原本有违纲常礼仪之事，即使在大唐这么开放包容的时代，也难得到祝福，修成正果。在无形的社会伦理、封建纲常面前，一个弱女子，一个小女冠的幸福与否实在微不足道，即使微弱的挣扎也不过是平添了几分闲谈的话题，早就湮没于历史的烟尘中。悲剧也许早就注定了。

正因如此，才有不少名士对命运凄凉的她们心怀怜悯。明人徐献忠在《唐诗品》中曾这样评论鱼玄机——

玄机形气幽柔，心悰流散。其于子安情寄已甚，而《感怀》《期友》及《迎李近仁员外》诸作，持思翩翩，尚有余恨，虽桑间濮上，何复自殊。其诗婉倩悲凄。有风人之调，女郎间求之，则兰英绮密，左芬充腴，生与同时，亦非廊庑间客也。

之四十六　得作食鱼人

寄刘尚书

八座镇雄军，歌谣满路新。
汾川三月雨，晋水百花春。
囹圄长空锁，干戈久覆尘。
儒僧观子夜，羁客醉红茵。
笔砚行随手，诗书坐绕身。
小材多顾盼，得作食鱼人。

1. 刘尚书

自唐文宗开成元年（836 年）至唐王朝灭亡的七十余年，习惯上称为晚唐时期。鱼玄机就生活在大唐盛景逐渐衰败的这一时期：政治危机不断加深，皇帝的昏庸、政治的腐败以及所谓三大问题，即宦官专权、藩镇割据以及朝臣之间的党争，最终使大唐走上了末路。位高权重的刘尚书就在这样一个政治斗争极其残酷，政治形势极其凶险的年代，突出重围，在仕途上杀出了一条血路。

刘尚书是何许人？他是刘潼，是女冠鱼玄机所结识的权贵中与之纠缠最深的一个。有如韦皋之于薛涛，但他对于鱼玄机的关照呵护远远不及韦皋对于薛涛。在这首写给刘尚书的五言排律中，鱼玄机言词委婉端丽，恭维而不失分寸，赞美而无过誉之嫌。程度掌握得极有分寸，刘尚书的威严若隐若现。

八座镇雄军，歌谣满路新。
汾川三月雨，晋水百花春。

这几句鱼玄机热情赞美了刘尚书的政绩。您作为国之重臣镇守太原，统帅河东大军，歌颂您的歌谣一路传唱不绝。您英明过人的德政，犹如汾川三月的及时雨，让此地百花盛开，争春斗艳。

“汾川三月雨，晋水百花春”二句运用了列锦的修辞，汾川对晋水、三月雨对百花春，皆名词短语，对照鲜明，灵活生动。

图圄长空锁，干戈久覆尘。
儒僧观子夜，羁客醉红茵。

这几句描述了德政之后的太平盛景。社会秩序井然，监狱无罪犯，境内无战事，武器长久闲置不用而蒙尘。正所谓，夜不闭户，路不拾遗，多么安定祥和的生活！通晓诗书的学士僧侣慕名前来欣赏《子夜歌》。暂做羁留的旅客，也深深陶醉，开心抒怀，醉卧于席间。子夜，指《子夜歌》,《唐书·音乐志》说,《子夜》，晋曲（晋代之曲）也。《宋书·乐志》则说,《子夜歌》者，有女子名子夜，造此声。红茵，红色坐褥。指用来待客的坐席。

笔砚行随手，诗书坐绕身。
小材多顾盼，得作食鱼人。

这几句转而称赞刘大人的诗书修养和知遇之恩。您不仅是威武的统帅，而且还是手不释卷的学士。笔砚随身不离，诗书不离手。小有才干的我，承蒙您的重视与关照，成为您的座上宾。顾盼，重视，眷顾之意。食鱼人，门下宾客。《战国策·齐策》:齐国人冯谖投奔孟尝君，侍从让他吃粗劣的饭菜。冯谖便弹着剑高呼：“长铗归来兮食无鱼。”结果就是这个高呼食无鱼的冯谖，最后帮孟尝君恢复了齐国宰相的官位。未雨绸缪和亡羊补牢这两个成语说的就是他的谋略。鱼玄机一向善用典，食鱼人的典故，一语双关。恰恰她又姓鱼。如此绝妙，除了聪明还能说明什么呢？

2. 食鱼人

鱼玄机这首《寄刘尚书》与她的其他作品相比，语调相当规矩，诗体端庄清雅，无半点幽柔之气和靡弱之意。言语间，恭敬含蓄，听着就让人清净舒坦。鱼玄机与握有重兵的刘潼刘尚书到底是什么关系呢？单从诗中至少可以得知，鱼玄机曾是刘尚书的门客，曾在其幕府有过停留。至于工作时间的长短，今已无从得知。显然，他们的关系不见得有韦皋与薛涛那样深厚的情谊，作为地方军事长官，韦皋同时又是一位诗人，对于才调容色甚佳的薛涛，更多的是爱惜、栽培、呵护与占有。是他发现、捧红了薛涛。他们之间的情感就像味道复杂的酒心巧克力，有点父女之爱，有点师生之意，又有点恋人之情，甚至还有点知遇之恩。薛涛终生未嫁，韦皋虽因“求见涛者甚众”而吃醋，想独占美人，但薛涛实质上不过是韦皋的红颜知己，两人不过是彼此的过客而已。

那么刘潼呢，也喜欢舞文弄墨，附庸风雅，所以“色既倾国，思乃入神”的鱼玄机才会得到他的顾盼。有学者曾考证，咸通四年（863年），鱼玄机曾在昭义节度使、检校礼部尚书、太原尹、北都留守刘潼府中当差。唐人皇甫枚在《三水小牍·绿翘》中则闪烁其词地说，“咸通初，遂从冠帔于咸宜。而风月赏玩之佳句，往往播于士林。然蕙兰弱质，不能自持，复为豪侠所调，乃从游处焉。”皇甫枚所说的豪侠是谁？谁有这么大的能量让热辣的鱼玄机乖乖就范呢？不妨从鱼玄机的社会关系网中推演一下——李亿、李郢、左名场、刘潼、温老师、国香、赵炼师……可圈可点的几个人里，按照逻辑排除法推断，有此能量的只有一人：刘潼。也许是皇甫不想惹事生非，便没有直说，给后人留下了这个历史谜题。

3. 纵怀

有人曾推断，《卖残牡丹》是在公元 860 年南诏之乱时，手握重兵的刘潼想带玄机走时所作。此种说法经不起推敲。因为鱼玄机生于 844 年，南诏之乱时只有 16 岁，乃正当青春的二八佳人，何来自比残牡丹之说？

两人的往来仅有此诗为证，不像薛涛与韦皋有那么多的资料、逸事和诗文流传下来。如果刘、鱼二人交情深厚，以各自声名而言，一定会掀起沸沸扬扬的议论，怎能会一再地沉默容忍呢？怎不见得有历史记载或者来往的诗歌呢？原因也许只有一个，一是鱼玄机的绯闻太多、真伪难辨，刘潼的强势霸道，习以为常，不足道也。但至少有一点我们可以确认，刘尚书从钩心斗角的政治旋涡中走了出来，在才思过人的美女鱼玄机那里，获得了一种视觉、审美、精神与虚荣心的多项满足。而鱼玄机呢，迫于生计，形势所逼，只得屈从逢迎，想必也获得了物质上的补偿。据说，鱼玄机曾经在刘尚书豪华的幕府待过一段时间。几年不曾相见的李亿也曾来过，征得刘大人的同意后，两个人旧情复燃，又卿卿我我了一番。此番相见之后，两个人彻底拜别，从此各奔东西。李亿重又变成了裴氏身边惧内的老公，而鱼玄机重又做回了女冠鱼玄机。李亿的再次离开，加速刺激了鱼玄机人性中恶的一面，从此，她更变本加厉，无所约束，最终情爱变成了性爱，而且来得更猛烈更狂放。

被男人遗弃的女人，通常有再醮（改嫁）、守贞、放纵三种命运，鱼玄机选择了最为极端暴烈的第三种命运。出于对李亿的绝望与怨恨，对前途茫茫的恐惧，鱼玄机“自是纵怀”，一纸“鱼玄机诗文候教”的宣言，毅然决然开始了神女生涯。

之四十七　送别泣花钿

折杨柳

朝朝送别泣花钿，折尽春风杨柳烟。
愿得西山无树木，免教人作泪悬悬。

1. 送别

折杨柳，汉乐府《横吹曲》名，古辞已佚失，后人所作，多为伤春悲离之辞。唐代有折柳送别的习俗，每到春天，长亭边，古道旁，芳草碧连天，春风拂柳伤别离。

朝朝送别泣花钿，折尽春风杨柳烟。

朝朝暮暮折杨柳送别，让女子花容染泪痕，折尽柳枝，让春风拂柳失烟色。李季兰的《送韩揆之江西》第一联便是，“相看折杨柳，别恨转依依。”看来，折杨柳是离别之时女子手中不可或缺的道具，既能表达忧伤的情绪，又不失委婉的风致，除了有破坏环境之嫌，完全符合实用与审美的双重需求。

愿得西山无树木，免教人作泪悬悬。

但愿西山从此不再有一棵柳树，免得让人有了泪水涟涟的道具。鱼玄机的天真跃然纸上。也有人认为，鱼玄机意在讽刺那些虚情假意、矫揉造作的离别秀。

2. 变脸

有人说宇宙是多维的，玄妙深奥得无从认识，其实人也如此，复杂多面得让你分辨不清。面对鱼玄机，同样令人困惑不已。这么天真率直、自然泼辣、热爱生活的一个女诗人，最后何以竟自导自演了一出轰动京城的命案？看不惯婢女绿翘，两个人便针尖对麦芒地呛呛起来，说到痛处，恼了，急了，竟然动起粗来，最后失手打死了她。转瞬之间，一念之差，歌咏风花雪月的美女诗人，就变成了情绪失控的狰狞杀手，曾经调朱弄粉的纤纤素手，变成了杀气腾腾的利刃。命运就是这么的危机四伏，让你前一秒纵怀，后一秒毙命。就像死在赵合德床上的刘骜，狂欢与死亡在瞬间完成了交替。

鱼玄机的最后变脸，说明了每个人都有一个不为人知的另一面。人的多面性就悄悄地潜伏在你的心底，一旦被激起，将暴露出连你自己也不知的面目。有谁能想到，为了嫁祸仇敌连亲生儿女都舍得牺牲掉的武则天也曾歌咏风物，触景生情，留下了婉转有致的诗句——

如意娘

看朱成碧思纷纷，憔悴支离为忆君。

不信比来常下泪，开箱验取石榴裙。

执政二十年的武则天，还是一位杰出的诗人，所作诗文很多。《旧唐书·经籍志》著录她有《垂拱集》一百卷，《金轮集》十卷，可惜现在仅存于《全唐诗》中诗四十六篇。武后有《九日游石淙》诗七律一首，命群臣和作，有石刻至今犹存。她的原唱中有“万仞高岩藏日色，千寻幽涧浴云衣”，可谓一时佳句。但最能表现其浪漫性格的却是她的商调曲《如意娘》。也许现实的宫廷斗争太过血腥，让武媚娘的柔情不敢稍稍停留，只能投注到诗句中，在浪漫的诗意中获取片刻的解脱和平静。

鱼玄机没有武媚娘那么高的情商和智商，更没有那么强大的魄力，当初她深受裴氏的虐待，甚至无法在丈夫的羽翼下，做一个面目模糊的女人——像大多数妾室那样。遭受了个人生活的种种不幸，鱼玄机性情中的恶已被激发，她压抑郁闷，不甘心长伴孤灯，默无声息。最后，她开门纳客，看上去更自由奔放，但这并不是她真正想要的。频换舞伴的自由，没有给她带来真正的快乐。而一切的纵情狂欢，只是为了掩盖内心永远挥之不去的怨恨。

之四十八　明月照幽隙

句

焚香登玉坛，端简礼金阙。
明月照幽隙，清风开短襟。
绮陌春望远，瑶徽春兴多。
殷勤不得语，红泪一双流。
云情自郁争同梦，仙貌长芳又胜花。

1. 错乱的恋情

祭祀、夏夜、抒怀、思念、情理，这些内容繁杂、长短不一、并不完整的零碎诗句，拼凑在一起，起伏跌宕，凌乱不堪，就像鱼玄机的人生，充斥着一场错乱的恋情，在爱恨交织的扭曲中，上演着最后的疯狂。

焚香登玉坛，端简礼金阙。

描写了道院的祭祀活动。端简，端正手板，手板又称笏，古代官吏上朝或谒见上司时所执，备记事用。

明月照幽隙，清风开短襟。

据说这是鱼玄机深陷牢狱的最后之作，写的是狱中的夏日之夜。月光透过冰冷的铁窗，照进了幽暗的牢房，夏夜的清风吹开了鱼犯的衣襟。此诗的意境幽幽然，怅怅然，若明若暗，还有清风入怀，以清风明月自比，有冤屈难申之意。

绮陌春望远，瑶徽春兴多。

春天，顺着大道远望，可将春色美景悉收眼底。春天，抚弄瑶琴，能尽情抒怀。

殷勤不得语，红泪一双流。

意思是闺中女子有爱却无法向心上人表达，只能暗自垂泪。如此黯然神伤，鱼玄机已不是一次两次。据说，小小的忧愁和困难可以养成严肃的人生观。但鱼玄机却是个例外，非但没有养成严肃的人生观，反而走向了极端。

云情自郁争同梦，仙貌长芳又胜花。

男女之间的情爱浓聚不变，修成正果，女子美丽的容颜长盛不衰，胜过百花。爱情永恒，容颜不老，是天下所有女人的梦想。但梦想终归是梦想，而现实总那么残酷，鱼玄机不肯、不愿面对的事实真相就是：爱情易逝，青春易老。“云情自郁争同梦，仙貌长芳又胜花”这两句诗，流露出了鱼玄机不甘埋没、不甘雌伏的自信与执着。

有人曾说，美貌是女人最不诚实、最不牢靠，同时也是最危险的资本。而智慧则是女人最值得仰赖的利刃。能够集美貌与智慧于一身的女人，无论在哪里都是一处赏心悦目的风景。曾经风华绝代的鱼玄机，在遭遇到爱情的那一刻，却智慧全无。她的美貌成了负累，自己成了爱的囚徒。

鲁迅于1923年底在北京女子高等师范学校做了题为《娜拉走后怎样》的演讲，料定娜拉只有两条路："不是堕落，就是回来。"而鱼玄机不是娜拉，出走的娜拉可以选择回家，但被逐的鱼玄机根本没有家，横陈在她的面前只有一条路。似乎唯有堕落，才能一解她心中的怨恨。

2. 京城命案

公元871年春天，大唐长安城发生了一桩轰动全国的命案。京城美艳的女冠鱼玄机杀死了婢女绿翘。一个曾经备受大房虐待的苦命二太太，为什么一下子变成了妒妇悍妇，打死了自己的使唤丫头？事情还要从头说起。

纵情声色的鱼玄机，已越来越离不开男人，只有跟他们在一起狂欢，她才能暂时忘掉那不堪的过去。落第的左名场，虽已恢复单身，但未来空邈，鱼玄机不敢奢望，心想，还不如及时行乐，图个自在。恰在这时，乐师陈韪出现了。他身材魁梧，相貌清秀。两个人很快坠入情网。从此陈韪便成了咸宜观中最受欢迎的客人，只要一有空闲，便来此幽会偷欢。

曾经被李亿老婆裴氏百般折磨的鱼玄机，在咸宜观获得了"新生"。她在道观里，迎来送往，有模有样。男人们对她逢迎夸赞，侍婢绿翘对其毕恭毕敬，让她感受到了曾经渴望的"尊敬"。此时，她的侍婢已经出落得亭亭玉立，很有几分姿色，来往的客人不免多看她一眼。一个和煦的春日，鱼玄机受邀去参加一个聚会，出门前嘱咐绿翘："如有客人来，告诉他我的去向。"日暮时分，鱼玄机才回到咸宜观。绿翘禀报说，陈乐师午后来访，随后就走了。

鱼玄机心想：平常自己外出，陈韪总是耐心地等她，为何今天会急急走了呢？再看绿翘，只见她双鬟纷乱，面色微红，神态举止似有不自然。鱼玄机暗自揣测，其中必有缘故。入夜，鱼玄机"张灯扃户，乃命翘入卧内，讯之"，绿翘也仗着自己年轻漂亮，颇不服气，一句软话都不说，还反唇相讥，戳到了鱼玄机的痛处。此刻，可怜的自尊、靠不住的情人、劈腿的奴婢，个个都是导火线，点燃了她心底郁积多年的怒火，新仇旧恨一齐喷发，不可遏止。当年备受辱虐的她在瞬间变成了第二个强悍的裴氏。当她以一个主妇的身份向绿翘施行家庭暴力，"裸而笞百数"时，似曾相识的悲剧重又上演，在角色的置换中，受虐者轮回变成了施暴者，而绿翘则化身成了当年跪地受辱的鱼玄机。

情景的再现，唤醒了鱼玄机所有的痛苦记忆，人性中的恶被彻底激活放大。她手中的竹笞成了发泄的工具，在雨点般的鞭挞中释放着她曾经遭遇的一切惩罚。如此血腥残酷的闺阁争斗，在多出妒妇的唐代并不少见。嫉妒心重的正妻，年轻貌美的妾和婢，同事一夫，同居屋檐下，免不了争风吃醋、钩心斗角，家庭暴力层出不穷。可以想见，被赶到咸宜观前，裴氏早已在鱼玄机身上使尽了手段，最终将其扫地出门，逼入道观，彻底断了李亿的念想。

此时，正疯狂鞭笞的鱼玄机，曾经受过的所有侮辱与伤害，在赤裸跪地的绿翘身上得到了补偿，甚至获得了片刻的快感。疯狂的鱼玄机，不服软的绿翘，雨点般的鞭挞，终结了两个女人的前程。一个丢了命，一个着了魔。当竹笞抽烂，被魔鬼附体的鱼玄机这才发现自己竟杀了人，活活打死了绿翘。凶手鱼玄机的第一反应便是恐惧。慌乱中匆匆将绿翘埋入后院紫藤花下，掩人耳目。初夏时节，有好事者发现地上有青蝇聚集，仔细一看竟然还有血迹隐约可辨，并闻到浓重的腥味。于是暗召官衙勘查，结果挖出了绿翘的尸体，竟然面貌如生，漂亮依旧。

3. 疑案迷情

疑问一：这桩杀人案还有一种说法，鱼玄机是被人栽赃陷害。绿翘本不是她所杀，而是与其有过节的衙役所杀。此人向鱼玄机索诈不遂，于是恼羞成怒，遂将其婢女绿翘杀死，然后埋于道观后院紫藤花下，嫁祸于她。倘若果真如此，鱼玄机真的是比窦娥还冤。

疑问二：即使鱼玄机是杀人凶手，也罪不当诛。按照《唐律》的规定，杀婢本不足偿命，奴婢的地位“并同畜产”，乃“贱隶”；奴婢被主人所杀，对主人的处罚是：“诸奴婢有罪，其主不请官司而杀者，杖一百。无罪而杀者，徒一年。”也就是说，奴婢有罪，主人没有通过官府而擅自杀了奴婢的，仅仅“杖一百”；奴婢没有罪而擅自杀了奴婢的，“徒一年”，即把主人充作奴隶一年。

为何罪不当死的鱼玄机却因此丢掉了性命？原来审问她的，据说竟是昔日追求她而被扫出门去的京兆尹温璋。此人以判案严酷而著称。温璋担任京兆尹期间，长安城永远都处于严打状态。由于鱼玄机和不少官员有交情，一个小小的“徒一年”的案子，居然说情者不少，让京兆府深感棘手。还有一种比较夸张的说法是，轰动长安城的这桩杀人案，居然被提交到了唐懿宗的御前。唐懿宗对于行为不端的女冠素无好感，于是大笔一挥，杀无赦。最后法治败给了人治，鱼玄机就这样稀里糊涂地上了刑场，丢了卿卿性命。

一千多年前众说纷纭的杀人案，如今看来，确是云山雾罩，疑窦丛生。我倒真心希望这是一桩冤案、错案，拨开历史的谜团，真相是无赖的恶行辱没了鱼玄机的人性。

4. 玄机三变

与鱼玄机齐名的李季兰结局也好不到哪里去。当时她风头正健，李季兰的诗名可谓无人不知、无人不晓。引发的诗友会活动也是越来越大，直至当时文人荟萃的扬州，最后连刚愎自用、猜忌薄情的唐德宗也听说了，传旨要她上京面圣。此时的李季兰已不年轻了，乍接圣旨，不禁有些慌乱。她一边对镜小心地钳去青丝中的白发，一边忐忑不安地想着到了京城皇宫该如何应对。容颜衰退的她不免又悲又喜，作诗道：

无才多病分龙钟，不料虚名达九重。
仰愧弹冠上华发，多惭拂镜理衰容。
驰心北阙随芳草，极目南山望归峰。
桂树不能留野客，沙鸥出浦漫相峰。

德宗见到她时颇为吃惊，原来传说中风流美艳的女道士竟然是个老太太！青春不再的李季兰已无法讨得龙心大悦。失望之余，德宗依然很绅士地挽留她在皇宫中小住了一个来月。带着皇上的恩赐李季兰便回乡养老去了。男诗人里似乎也只有李白享受过这种礼遇。哪知蒙受皇恩的李季兰命运急转直下，因献诗给叛将朱泚，触怒了德宗，下令“扑杀”，最后活活惨死杖下。

至此，李季兰的传奇戛然而止。但鱼玄机的传奇并没有结束，关于“戳婢”的鱼玄机，最终的结局有若干个版本。

版本一：被温璋公报私仇，而斩杀。

版本二：杀人后的鱼玄机，狱中获救，从此隐姓埋名，开始新的生活。

版本三：鱼玄机改名换姓，获救出狱后，改名虞有贤或鱼又玄，隐居虢州（今河南省灵宝市地区）苦读诗书。苦读之后，先是以韦庄、后以和凝出现，但此时的鱼玄机已不再是一个女人，“他”以一个才华横溢的男人面目出现在历史的场景中。留下了许多值得推敲和疑问的诗作。“他”也不仅仅是《浣花集》《秦妇吟》的作者韦庄，还是《疑狱集》的作者和凝，“他”已跨越了诗人的局限，成了蜀相、文学家、法学家、刑部员外郎。有人甚至善意地附会历经波折的鱼玄机和李亿再次相会，并说服裴氏，从此三人一起和睦生活。鱼玄机的三变，比起传奇小说更为离奇。倘若鱼玄机有如此的能量和魄力，何来之前那么多的矛盾与挣扎呢，总不至于牢狱之后洗心革面，索性连性情和性别统统改变，一而再地频频易换其身吧？！如此算来，鱼玄机总共活到了 111 岁，倒真成了益寿延年的活神仙。这种改天换地的“变脸”说实在是想象力了得。

不同版本的各种传说，足以说明世人对鱼玄机的关注与惋惜。

佳人已去，唯有诗情远寄。历代刻印其诗者大有人在，恻隐之心亦寓其中，最有名的当是南宋《唐女郎鱼玄机》。镌刻秀丽工整，书中名家题跋累累，先后由著名藏书家朱承爵、项元汴、何焯、兰陵缪氏、黄丕烈、徐紫珊、袁克文、潘氏宝礼堂等收藏，弥足珍贵。遂使湮没明珠重放异彩，千古绝唱书林流芳。而曾经左右她命运的李亿呢，在历史上却唯有片言只语，而且还是因为和鱼玄机的这层关系，才得以在历史的缝隙中留下了模糊的身影。

之四十九　难得有心郎

《赠邻女》

羞日遮罗袖，愁春懒起妆。
易求无价宝，难得有心郎。
枕上潜垂泪，花间暗断肠。
自能窥宋玉，何必恨王昌。

1. 狱中悲咽

这首五言律诗《赠邻女》又名《寄李亿员外》，为鱼玄机狱中所作。名为告诫邻家女子，实在对自己身陷情海不能自拔的一种清醒认识与反省。

这一年，是咸通九年（868 年），女道士鱼玄机芳龄 26 岁，因“戕婢”入狱。从权贵才子追捧的风流道姑到人所不齿的阶下囚，是一个从天堂到地狱的巨大沦落。黑暗的日子，漫漫长夜，绝望之余，鱼玄机反思得最多的还是那段难以释怀的情。

羞日遮罗袖，愁春懒起妆。

全诗以“邻女”自况，首联写邻女被“薄情郎”抛弃，以“罗袖”遮面，羞见阳光。满腹“春愁”，懒于梳妆打扮。

易求无价宝，难得有心郎。

次联是邻女的内心独白，是诗人自伤身世，对“知己难求”的慨叹。她想起曾经的丈夫、初恋情人李亿。这个此生最深爱的男人，却一而再、再而三的离弃，让曾经恃才傲物的鱼玄机彻底伤透了心。如果没有他当初的苦苦追慕，如果没有他的懦弱逃避，如果……如果……如果太多的如果可以重新来过，她还会选择这样一个不敢担当的男人吗？如果不是遇见了这个负心的男人，她还会出家为道吗？还会破罐子破摔，放浪形骸，纵情声色吗？还会妒杀绿翘锒铛入狱吗？

太多太多的念头充溢着这个聪慧而美丽的脑袋。太多的失望、绝望和无奈在她的内心纠结——世间无价之宝容易得到，但有情有意有良心的男人却难觅！对于一个将一生投入爱情、执着追求真爱的女人来说，这是何等无奈，又是何等绝望！

枕上潜垂泪，花间暗断肠。

三联进一步描写无限的悲伤情绪——辗转枕上，暗自垂泪，伤心欲绝。

自能窥宋玉，何必恨王昌。

尾联是以宋王《登徒子好色赋》中“登墙窥臣三年”的小女子自喻。魏晋时的王昌是一个“姿仪俊美，为世所共赏可知”之人，在此暗喻李亿。一种幽怨之气从字间流出：我一定能寻到有情有意的有心郎，何必怨恨那个曾爱过却抛弃自己的人呢？

如果这句诗出自男性之手，人们会觉得很平常，并不觉得惊奇。因为男权社会的中心只有一个，那就是男人。他充分享有爱和选择的权利，可以三妻四妾，可以夜夜笙歌，可以三宫六院七十二嫔妃。但这一既张扬女子爱之权利、又寓意阔达的诗句，却出自一个命运多舛且备受压抑的女子笔下，不得不令人感慨。正如谭正璧在《中国女性文学史话》中所言："在女性的她的口中说出来，要愧煞一切意志游离爱情不专的薄幸男子了。"

2. 难得有心郎

有人认为，这首诗里，表现出了鱼玄机叛逆的个性。既有渴望追求爱情的大胆表述，也有女性自我意识觉醒、自我价值萌芽的自信。而我感受更多的是她的无奈与绝望，有一种看透人生的苍凉。诗中"易求无价宝，难得有心郎"也成了千古绝唱，其实，这岂止是鱼玄机一人的感叹，这还是卓文君、霍小玉、薛涛、张爱玲、戴安娜及天下所有痴情女子的悲叹。

在大唐王朝华丽的帷幕下，曾生活着许多奇女子，鱼玄机只是其一。比如夜奔的红拂、称帝的武则天、女皇身边的上官婉儿、寂寞的薛涛。除了惨死军中的上官婉儿，她们都比鱼玄机幸运，能幸运地寿终正寝。不像鱼玄机情路波折，到头来走入极端，连卿卿性命都丢掉了。红拂，出身卑微，却慧眼识珠，遇到了能文能武的李靖，巧的是李靖尚未婚配，单身一个，红拂义无反顾，一路追奔而来，以身相许，自此英雄美人一起出生入死，相伴天涯。红拂，以歌伎之身，却能觅得真爱，找到可依可靠可乘凉的大树，这是她的幸运。

鱼玄机却没有这等福报，遇到一个有妇之夫，而且老婆裴氏跋扈狭隘，卧榻之侧决不容贱妾酣睡。悍妇之下必有懦夫。更让鱼玄机伤心的是，李亿爱前程、爱权势远远胜过她。在这个三角关系里，状元郎几经掂量，选择了名门之后的老婆战队，将鱼玄机的梦彻底打碎。心高气傲的一代佳人就此崩溃，逼上了声色犬马的不归路。“从来才子爱佳人”，在鱼玄机这里被改写成“从来才子弃佳人”。这是何等的不幸与不公。与鱼玄机齐名的美艳才女李冶，活到了暮年，本来可以孤独终老，可惜卷入政治，战乱中站错了队，被皇上德宗命人乱棍打死。沦落风尘的唐代三大才女中，李、鱼二人死于非命，唯有薛涛幽居浣花溪边，在素净的桃花笺中咏叹爱断情伤，聊度余生。

清人黄周星曾说：世间至难得者佳人也，若佳人而才，岂非难中之难？乃往往怫郁流离，多愁鲜欢，甚至横被刑戮，不得其死。如张丽华、上官昭容，皆斩于军前；王韫秀、鱼幼薇，具毙于杖下。白刃血蝤蛴之领，赤棒肉凝脂之肤，人生惨辱，至此已极。夫造物之待才人，固极刻毒矣，何其待才媛亦复尔尔耶？

3. 传奇的代价

只有在王小波的小说里，还残留着鱼玄机的一缕香魂，还有那水草一样浓郁的长发。昙花一现的美丽，转瞬即逝的生命，不能不让人痛感悲哀。陈子昂《感遇三十八首（其一）》曾有诗云——

兰若生春夏，芊蔚何青青！幽独空林色，朱蕤冒紫茎。

迟迟白日晚，袅袅秋风生。岁华尽摇落，芳意竟何成？

有道是，自古才女多寂寞。岂止是寂寞！有才华的女子何其苦也！不是想爱爱不了，就是追风逐月，死于非命。而早在她们之前，曾出现一个登峰造极的大才女，这就是前无古人、后无来者的武则天。她个性独立、深谋远虑、心狠手辣、智慧超群。这位人中豪杰还长着一副妩媚动人的好姿容，即使削发为尼，一身素服，仍不掩国色。她虽是太宗李世民的女人，但不曾蒙受宠爱，幸运的是被老公的儿子高宗李治所迷恋。硬是从感业寺里找出来，送回大明宫。后来她披荆斩棘，赶走了一个个劲敌，当上了皇后，再后来干脆自己当了皇帝，硬是把李姓王朝改成了大周朝。爱情、婚姻、王权、才华、美貌、胆识，一样不少，一样不缺。这样的女人能当上皇帝，也没什么不应该。上行下效，正是她，引领了大唐女性旷达不羁的自由风尚。身后出现李冶、薛涛、鱼玄机这样的若干粉丝也不足为怪。

但鱼玄机不是武则天，她没有这等魄力与智慧决定自己的命运，她的悲剧也许就是太信仰爱情、太追求浪漫了。短暂的婚姻、漫长的相思、无助的等待、绝望的纵情、扭曲的妒恨……最后在杀奴不偿命的年代，却离奇地以命抵命。也许，正是这么多的戏剧元素聚合在一起，才让鱼玄机成了传奇的符号，即使隔着一千多年，那么多个世纪过去了，还有人在怜香惜玉，叹息她的才华、美艳和悲剧。

倘若怜香惜玉的大诗人普希金在世，也许会送上一首温柔的诗，宽慰她寂寞而委屈的心——

【二六七】

你在孤独、悲伤的日子

请悄悄地念一念我的名字

并且说

这世上有人在怀念我

我活在一个人的心里

后　记

法国诗人波德莱尔曾说：我爱回忆那毫无掩饰的时代。

当我穿越一千多年的时空距离，面对丰美华丽的大唐盛景之时，我要说我想说的是：我爱想象那毫无掩饰的时代。

这是怎样的一个时代呢？

方圆80多平方千米的长安城，弥漫着四海升平、欢乐至极的氛围。女人们丰腴明艳，真实大方，敢爱敢恨，活出了自己。历史的剖面，再也没有那么绚烂多姿的丰富纹理。如果说，文人最希望生活在宋朝的话，那么女人最喜欢的朝代当是唐朝。那里给出了女人那么宽容的生存空间。

我甚至想象自己也是其中的一个，衣袂飘飘，步履轻快，穿过繁华的朱雀大街，穿梭在那些文人名士经常出没的地方，气势雄伟的大明宫在我身后成了华丽的背景。去乐游原踏春，夜游曲江池，参加盛大的诗会，观赏霓裳羽衣舞，与大名鼎鼎的才子佳人擦肩而过，与王维、薛涛月下吟诗作赋，与陆羽、李冶品茶论道，与孤立无援的鱼玄机梳理纠结的恋情……

这样的思路，让我不再有陌生感。鱼玄机的这些诗句，在富有质感的历史背景之下，也都轻盈得如同飞舞起来的蝴蝶，淡化成一幅幅灵动的图卷，描画着大唐生活的缩影。

这不是传统意义上的诗词点评。在我心底，那些婉转清新的诗句只是一个角度，一扇窗透视人生世情的窗户，透过这扇窗，看到的不仅是一个风华绝代的鱼玄机，还有班婕妤、薛涛、李冶等诸多女子的身影，当她和她们的美丽与哀愁，一点点从岁月的尘沙中浮出时，那个时代所独有的气息，亦如盈袖的暗香，在字句间袅袅飘散。

当两个月的写作临近结束，当我在炎热的夏夜，在电脑上敲下最后几行字，渴望多时的轻松并没有给我带来多少快感和释怀，反而有一种不忍辞别的惆怅与失落。那个诗意的时代，那些卓尔不群的女子，那些满含真情的传奇，依然如陈年的宝藏一般吸引着我，让我在喧嚣浮躁的当下，感受到了什么才是真正的浪漫与诗意，她们对爱“别问是劫是缘”的孤注一掷与一往深情，更是羞煞了今天斤斤计较、不肯付出的我们。

同样为爱柔肠寸断的英国女诗人罗赛蒂一百多年前唱出了这样的《歌》——

我死以后，亲爱的／不要为我唱悲伤的歌／也不要将玫瑰插在我头上／更不喜那松柏婆娑／变成青草覆盖着我吧／带着些水珠和清露／如果枯萎，算是忘记／如果枯萎，或是记起。

对于大多数女子来说，爱是活下去的希望和支撑。她们以爱柔化着男人坚硬的世界，给枯燥而冷漠的历史带来了温情和色彩，让传奇更加动人心魄。

想起了米兰·昆德拉的一句话，一道魔幻的帷幕，上面织满了传奇，挂在世界的前面。在我的面前，鱼玄机便是这些传奇里的一颗暗蓝色的星星。透过历史的烟幕，闪烁着点点忧伤的星光。而我，就是那个仰望星空的人，隔着千年万年，看着它们在天上发着斑斓的光。

在静夜里，走近历史的深处，走近这样一个奇女子，聆听她的离愁别绪，默念她的缠绵情致，剖白她的悲剧，淡忘了尘世的纷扰，只是单纯而安静地遥看过往云烟，那一刻，寂静得可以听见花开的声音，生动得可以看见蜻蜓的微笑，甚至可以嗅到胡饼、沉香和芙蓉花的气味……

而这一切的感悟，都愿与亲爱的读者朋友一起分享。不妨明月为伴，清茶一杯，慢慢品味。

疏漏之处，敬请原谅。

董　岩

2010 年 6 月 20 日

于北京绿波书屋